Anne Lay

Verdächtig vertraut

Ein Liebesroman aus Münster

Alle Personen in diesem Roman sind frei erfunden. Ortskundige Leser werden viele Schauplätze wiedererkennen.
Die Nennung des Lokals **Maikotten** erfolgt mit freundlicher Genehmigung der Betreiber.
(http://www.maikotten.de)

Bibliografische Information der Deutschen Nationalbibliothek: Die Deutsche Nationalbibliothek verzeichnet diese Publikation in der Deutschen Nationalbibliografie; detaillierte bibliografische Daten sind im Internet über www.dnb.de abrufbar.

© 2014 Anne Lay
Herstellung und Verlag:
BoD – Books on Demand, Norderstedt

ISBN: 9783734753374

Zurück in Münster

Beim Erwachen hörte ich durch das offene Fenster die Vögel singen. Entspannt lauschte ich dem vielstimmigen Gezwitscher, nachdem ich einen Blick auf den Wecker geworfen hatte. Bis der sich melden würde, blieben mir noch über 20 Minuten, die ich in meinem Bett dösend genießen wollte.

Als mein Radiowecker pünktlich den Beginn der 6:00-Uhr-Nachrichten verkündete, wartete ich die Wettervorhersage ab und schwang die Beine aus dem Bett.

Es würde ein sonniger Frühlingstag werden, mein erster Arbeitstag in Münster. Nach einer erfrischenden Dusche entschied ich mich für Jeans und Bluse und schlenderte hinüber in die Küche.

Im Flur meiner vor zwei Wochen neu bezogenen Wohnung kam ich am Spiegel vorbei. Kurz inspizierte ich mein Spiegelbild. Die langen, schlanken Beine kamen in der engen Jeans gut zur Geltung und die Tunika war in ihrer Machart edel, aber in der Kombination nicht zu schick für die Arbeit, also genau richtig. Noch war ich barfuß und meine dunklen Haare ringelten sich feucht um meinen Kopf. Ich würde sie an der Luft trocknen lassen, damit sich die Locken richtig entfalten konnten. Die getuschten Wimpern betonten meine dunkelblauen Augen wirkungsvoll. Mehr brauchte es nicht, fand ich.

Leise trällernd ging ich weiter in die Küche. *Es tönen die Lieder, der Frühling kehrt wieder, es spielet der Hirte auf seiner Schalmei, tralalala ...*

Erst als ich das Lied zu Ende gesungen hatte, fiel mir auf, was ich da sang. Eigentlich singe oder pfeife ich immer irgendetwas, was mir gerade so in den Sinn kommt, aber dieses Mal passte es zur Stimmung dieses hellen und fröhlichen Frühlingsmorgens.

Während der Wasserkocher das Teewasser erwärmte und ich in den neu aufgestellten und eingeräumten Schränken nach dem suchte, was ich für das Frühstück brauchte, sang ich immer wieder die Melodie vor mich hin und variierte sie von Mal zu Mal, bis sie nach Jazz klang.

Mit einer großen Tasse grünem Tee und zwei Käsebroten setzte ich mich an den Tisch und genoss noch einmal das Vogelkonzert draußen.

Nach dem Frühstück nahm ich Jacke und Schal und suchte nach meinem Rucksack. Ein letzter Kontrollblick sagte mir, dass alles Notwendige in der Tasche war. Noch das Handy dazu und los.

Im Treppenhaus beherrschte ich mich gerade noch. Ich verkniff mir, laut zu singen oder zu pfeifen, um den herrlichen Hall auszunutzen. Erst im Keller schlüpfte mir wieder eine Melodie über die Lippen.

„Ach, Sie sind's, Fräulein Feder. Schon so fröhlich am frühen Morgen?"

Etwas erschrocken drehte ich mich um. Mein Vermieter, Herr Pohlmann, stand vor mir. Er war Pensionär und dieses Haus im Mauritzviertel war sein Ein und Alles. So werkelte er schon am frühen Morgen hier im Keller herum.

„Bei diesem wunderschönen Sonnenschein muss man doch einfach fröhlich sein." Ich schenkte ihm ein freundliches Lächeln und schloss mein Fahrrad auf.

„Sie wissen doch, was man so sagt: *Vögel, die morgens singen, holt abends die Katz.*"

„Ja, das habe ich immer von meiner Mutter zu hören bekommen. Aber so richtig habe ich nie verstanden, was sie mir damit sagen wollte."

„Wer weiß, was der Tag noch bringt. So fröhlich zu beginnen, kann Enttäuschungen bringen. Haben Sie nicht heute Ihren ersten Arbeitstag?"

„Und da meinen Sie, ich solle heute Morgen besonders vorsichtig sein?", gab ich lachend zurück.

„Es ist ja nur ein Sprichwort. Ich wünsche Ihnen jedenfalls einen guten Start."

Nachdem ich mich bedankt hatte, schob ich mein Rad über die Kellertreppe nach draußen und machte mich auf den Weg.

Ich schlug den Weg zum Dortmund-Ems-Kanal ein. Endlich konnte ich wieder mit dem Rad zur Arbeit fahren.

Als Schutz gegen die reichlich frische Frühlingsluft zog ich meinen Schal enger um den Hals.

Nach zwei Querstraßen bog ich in den Radweg am Kanal ein. Ich fuhr immer geradeaus, hier gab es keine Autos und um diese Zeit begegneten mir nur Enten, die ins Wasser flüchteten, wenn ich trällernd näherkam. Einige Hundebesitzer waren mit ihren Lieblingen unterwegs, aber nach kurzer Zeit war ich wieder allein.

Noch immer geisterte mir dieser Kanon aus dem Schulchor durch den Kopf. Hier, wo weit und breit keine Menschenseele zu sehen war, sang ich lauthals, während ich zwischen grünen Wiesen und dem Kanal dahinradelte.

Ordentlich durchgewärmt stellte ich mein Rad nach einer halben Stunde in den firmeneigenen Fahrradständer. Der Pförtner überreichte mir meinen Firmenausweis, und ich betrat zum dritten Mal das Gelände der großen Chemiefirma, in deren Entgeltstelle ich ab heute arbeiten würde.

„Wissen Sie, wie Sie zu Ihrem Büro kommen?"

„Ja, danke. Ich war erst vor wenigen Tagen hier, um meinen Vertrag zu unterschreiben."

„Ab morgen können Sie dann auch direkt vom Parkplatz durch das Drehkreuz gehen. Die Karte ist maschinenlesbar."

Ich verzichtete darauf, ihn auf meine Fahrradleidenschaft hinzuweisen und schlüpfte nach einem weiteren Dank aus seiner Loge. Schräg gegenüber lag das Verwaltungsgebäude. Im vierten Stock war die Entgeltstelle untergebracht.

Auch hier verzichtete ich auf den Aufzug und drückte die Tür zum Treppenhaus auf. Pfeifend machte ich mich auf den Weg und genoss wieder einmal die Akustik in einem großen Treppenhaus wie diesem.

Vier Stockwerke höher kam mir an der Brandschutztür ein Mann im Anzug entgegen.

„Mädchen, die pfeifen, und Hennen, die kräh'n, soll man beizeiten die Hälse umdreh'n."

„Wie bitte?" Natürlich hatte ich ihn genau verstanden, aber als *Mädchen* wollte ich mich mit meinen fünfunddreißig Jahren nicht mehr bezeichnen lassen. Äußerlich gelassen, musterte ich mein Gegenüber: Ein glattes Gesicht, von einer dunkelblonden Fönfrisur umrahmt, blasse, etwas überheblich dreinblickende Augen. Das Lächeln, das seinen Mund umspielte, erreichte seine Augen nicht. Zugegeben, er sah sehr gut aus. Aber das schien er auch zu wissen.

„Mädchen, die pfeifen und Hennen, die kräh'n, soll man beizeiten die Hälse umdreh'n", wiederholte er. Fast gönnerhaft hielt er mir die Tür auf.

Ich nickte ihm zum Dank zu, und er machte sich auf den Weg nach oben. Während ich den Gang entlang zum Büro der Gruppenleiterin schritt, hatte ich noch sein aufdringliches Aftershave in der Nase. Er war also aus dieser Richtung gekommen. Ob ich mit ihm zu tun haben würde? Er erinnerte mich an meinen alten Abteilungsleiter, aber das war eine andere Geschichte.

Nach meinem Klopfen wurde ich in das Büro meiner Gruppenleiterin, Regina Lensing, gerufen. Wir besprachen, wie mein erster Tag ablaufen sollte, bevor sie mich den Mitarbeitern in der Abteilung vorstellen wollte. Nach meiner Einarbeitung würde ich stellvertretende Gruppenleiterin werden, da ich umfassende Erfahrungen in der Lohnbuchhaltung mitbrachte.

An der Tür zum Großraumbüro schlug mir ein fruchtiger Duft von Tee entgegen.

„Das ist so eine Gepflogenheit hier, dass wir mit einer gemeinsamen Tasse Tee den Tag beginnen. Unser aktueller Favorit ist ein aromatisierter Rooibos." Frau Lensing schenkte mir persönlich eine Tasse Tee ein und stellte mich den Mitarbeitern vor.

Während die Kolleginnen an ihren Schreibtischen Tee tranken und zum Teil schon ihre Arbeit aufgenommen hatten - es waren tatsächlich ausschließlich Frauen, wie ich mit einem schnellen Blick feststellte - saß auf einem Stuhl neben der zweiten Bürotür der Herr im Anzug.

„Und dann hätten wir hier noch unseren *Helden* aus der EDV. Wenn es Probleme mit den Programmen oder gar mit der Hardware gibt, ist Herr Held unser Ansprechpartner. Auch er hat unsere Teerunde für sich entdeckt. Zurzeit ist er oft hier unten bei uns, weil die EDV überarbeitet wird. Sie werden in den nächsten Wochen eng zusammenarbeiten."

„Dachte ich's mir doch, dass Sie die Neue sind." Höflich stand er auf und reichte mir die Hand. „Willkommen an Bord."

Seine sonore Stimme war mir schon im Treppenhaus aufgefallen. Er schien sich seiner Wirkung auf Frauen sehr bewusst zu sein. Pech für ihn, dass ich sein Aftershave nicht mochte. Insgeheim überlegte ich schon, wie viele Tage ich wohl verstreichen lassen solle, bevor ich ihn darauf ansprechen konnte, falls wir wirklich so viel miteinander zu tun bekommen würden.

Ich dankte ihm und nahm noch einen Schluck Tee. Dessen Aroma überdeckte kurzzeitig das Aftershave.

Zum Mittagessen nahmen mich die Kolleginnen des Großraumbüros unter ihre Fittiche. Dankbar lauschte ich ihren Berichten und Empfehlungen beim Besuch der Kantine, und der empfohlene Salat war wirklich gut. Nach dem Essen gab es einen Kaffee bei ihnen, bevor ich mich wieder meinen Aufgaben widmete.

Um vier Uhr kam Herr Held in mein Büro.

„Frau Feder, ich wollte Sie heute Abend zum Essen einladen. Ich heiße übrigens Robert." Beim letzten Satz klang seine Stimme um eine Quinte tiefer. Vertraulich setze er sich auf die Kante meines Schreibtisches. Unwillkürlich richtete ich mich auf und blickte kühl auf sein Hinterteil und dann in sein Gesicht.

„Soll es Hühnchen geben?"

„Ich verstehe nicht ..."

Das war seinem Gesicht deutlich anzusehen. Dieser tumbe Gesichtsausdruck machte ihn auch nicht sympathischer. Wieder stach mir sein Aftershave in die Nase.

Höflich lehnte ich ab.

„Bezog sich Ihre Reaktion auf unsere Begegnung heute Morgen? Ich wollte Sie nicht kränken. Es war der zugegebenermaßen etwas ungeschickte Versuch, Sie kennenzulernen."

Ich winkte ab, aber seine Worte hinterließen einen zwiespältigen Eindruck. Als er heute Morgen von *Hälse umdrehen* gesprochen hatte, hatten seine Worte authentischer gewirkt. Meine Nackenhaare reagierten auf diese Doppelbotschaft und stellten sich auf.

„Sie sind mir doch böse. Dann geben Sie mir bitte die Chance, meinen Fehler wieder auszubügeln." Jetzt lehnte er sich auch noch zu mir herüber. Mein Widerwillen wuchs.

„Herr Held, ich trenne streng zwischen meinem Privatleben und der Arbeit. Ich werde weder heute noch in der nächsten Zeit mit Ihnen essen gehen."

Diese deutliche und kühl übermittelte Botschaft musste er einfach verstehen. Einen Augenblick lang schaute ich in seine blassen Augen, bevor er sich abwandte.

Offensichtlich enttäuscht verließ er mein Büro, und ich beschloss, für heute Feierabend zu machen. Als ich den Rechner herunterfuhr, betrat Frau Lensing mein Büro.

Nachdenklich blickte sie mich an und sagte schließlich: „Vor Robert Held brauche ich Sie anscheinend nicht mehr zu warnen, wenn ich nach seinem Gesichtsausdruck gehe, als er gerade aus Ihrem Büro kam."

Als ich nur nickte und sie fragend anschaute, erklärte sie: „Es hat ein paar gebrochene Herzen in der Abteilung gegeben. Er hält sich für unwiderstehlich und hat eine gewisse Wirkung auf einige jüngere Kolleginnen gehabt. Momentan ist er wieder solo, also auf der Suche nach einem neuen Abenteuer. Eigentlich ist es nicht meine Art, so über Kollegen zu reden, aber ich möchte Sie gern in der Abteilung behalten, und eine professionelle Distanz ist für alle der bessere Weg."

„Das habe ich Herrn Held auch gesagt. Ich trenne die Arbeit strikt von meinem Privatleben, soweit es Männer betrifft."

„Eine gute Einstellung. Ich hoffe, Ihr erster Tag war ansonsten angenehm? Haben Sie noch Fragen?"

Ich verneinte und wir verabschiedeten uns voneinander.

Auf der Rückfahrt am Kanal entlang war ich tief in Gedanken versunken. Auch jetzt summte ich wieder leise und nachdenklich, als plötzlich ein Schatten neben mir auftauchte. Bevor ich reagieren konnte, schlug der Lenker um. Während ich noch befürchtete, nun in den Kanal zu stürzen, bremste mein quergestelltes Vorderrad meine Fahrt abrupt ab und ich flog förmlich über den Lenker.

Das Erste, was ich danach bewusst wahrnahm, war warmer Atem auf meinem Gesicht. Ich hörte ein deutliches Schnüffeln und dann eine laute Männerstimme: „Trüffel, hierher!"

Als ich die Augen aufschlug, blickte ich direkt in das Gesicht eines schokoladenbraunen Labradors, der freundlich mein Gesicht beschnupperte. Er hatte nur kurz den Kopf gehoben und ignorierte sein Herrchen. Das tauchte als Nächstes in meinem Blickfeld auf. Ein besorgtes Gesicht erschien neben dem Hund, und kurz darauf wurde der Hundekopf energisch beiseitegeschoben.

„Sind Sie verletzt?"

„Ich weiß nicht." Nach kurzer Bestandsaufnahme beschloss ich, mich aufzusetzen. Mein Rücken schmerzte und die Handballen brannten. Bei näherer Betrachtung war die Haut aufgeschürft und einige Steinchen des Radweges steckten in der Haut.

„Mist!" Probehalber bewegte ich meine Hände, gebrochen schien zum Glück nichts. Dann war der Hund wieder da und versuchte, mir die Hände zu lecken.

„Aus, Trüffel!" Wieder schob der Mann seinen Hund beiseite. „Platz und bleib!" Der strenge Tonfall zeigte dieses Mal Wirkung. Der Labrador legte sich neben mich und schaute mich mit seinen großen Augen an. Seinen Kopf hielt er dabei schräg, was mich schmunzeln ließ.

Als wollte er um Verzeihung bitten, schoss es mir durch den Kopf.

„Bitte seien Sie ihm nicht böse. Wir haben gespielt und ich habe seinen Ball aus Versehen über den Radweg geworfen, ohne auf den Verkehr zu achten. Trüffel ist nur seinem Spielzeug hinterhergelaufen. Es war mein Fehler."

Mein Blick löste sich von den treuen, braunen Augen des Hundes und glitt zu meinem menschlichen Gegenüber. Er hatte die gleichen braunen Augen und den gleichen treuen Blick wie sein Labrador. Unwillkürlich musste ich grinsen. Auch die Haarfarbe war die gleiche, nur dass die Haare des Mannes etwas länger und leicht gelockt waren. Ausgesprochen sympathisch, dieses Gesicht, dachte ich gerade, als er sagte: „Ich wohne gleich da vorn, oder wollen Sie lieber zu einem Arzt? Ich komme natürlich für alles auf."

Vorsichtig half er mir auf die Beine. Ich hatte anscheinend großes Glück gehabt. Außer den Abschürfungen und einigen Prellungen hatte ich wohl nichts abbekommen. Und mein Rad?

Der Mann hob es gerade auf. Der Lenker ließ sich geradebiegen, und sonst waren auf den ersten Blick keine Beschädigungen zu sehen. Es war ein robustes Hollandrad älteren Datums, das keine Fahrraddiebe anlocken sollte, also keine Kostbarkeit. Wenn es noch funktionierte, war eigentlich nichts passiert. Trotzdem bestand er darauf, dass die Hände gereinigt werden müssten und ich wollte auch nicht sofort weiterfahren.

„Ich glaube nicht, dass ich einen Arzt brauche …" Das Sprechen fiel mir mit einem Mal schwer; ob das der Schock war?

„Wie gesagt, wohne ich gleich da vorn." Er deutete auf ein kleines Haus, keine hundert Meter entfernt. Als ich nickte, schob er mein Rad in die Richtung und rief seinen Hund, uns zu begleiten. Langsam und vorsichtig setzte auch ich mich in Bewegung.

„Ich heiße übrigens Tobias Katzlowski."

„Sandra Feder", antwortete ich geistesabwesend und musste plötzlich furchtbar lachen, weil mir das Gespräch mit Herrn Pohlmann heute Morgen wieder einfiel.

Tobias schaute fragend herüber, aber wie sollte ich ihm das erklären? Ich schüttelte den Kopf, aber nur leicht, weil mir schwindlig wurde. Anscheinend war ich auch blass geworden. Er rückte mit einem schnellen Schritt näher an mich heran, jederzeit bereit, mir buchstäblich unter die Arme zu greifen.

Nach kurzer Zeit hatten wir das kleine Backsteinhaus erreicht. Durch ein schmales Gartentor betraten wir ein verwildertes Grundstück, das sich sympathisch von den gepflegten Gärten der Nachbarschaft unterschied.

Nachdem Tobias das Rad abgestellt und das Gartentor verschlossen hatte, schloss er die Hintertür auf, und unversehens standen wir in einer gemütlichen Wohnküche. Gleich neben der Tür hing ein alter Spülstein an der Wand.

„Vielleicht möchtest du erst mal den Dreck von den Händen abwaschen?"

Statt einer Antwort nickte ich nur und öffnete den Wasserhahn. Puh, brannte das, aber den Dreck und die Steine wollte ich auf jeden Fall loswerden. Es dauerte eine Weile, aber schließlich hatte ich auch einen kleinen, hartnäckigen Stein aus meinem linken Handgelenk gepuhlt.

„Hier." Plötzlich stand Tobias neben mir. Er hielt mir die aufgerissene Verpackung einer Wundkompresse hin.

Etwas erschrocken brauchte ich einen Moment, bis ich mir jeweils eine Kompresse auf jeden Handballen legte. Ich kam mir sehr ungeschickt vor.

Als ich wieder hochschaute, deutete er zum Tisch hinüber, wo ein Erste-Hilfe-Kasten stand.

„Setz' dich doch. Dann kann ich deine Hände besser verbinden." Noch einmal blickte er mir prüfend ins Gesicht. Ob ich immer noch so blass war? Schwindelig war mir noch, daher nahm ich das Angebot dankbar an.

Vorsichtig linste ich unter die Mullabdeckung auf meinem rechten Handgelenk. Aus einigen tiefen Kratzern sickerte Blut hervor.

„Zeig mal." Sehr sanft nahm er meine Hand und betrachtete die Wunde. „Scheint recht sauber zu sein, keine Fremdkörper ..." Mit diesem Gemurmel fixierte er die Kompresse mit einem Verband, bevor er sich die andere Hand vornahm. Er arbeitete schweigend und konzentriert.

Zunächst wartete ich verkrampft auf Schmerzen, aber er war sehr vorsichtig. Alles, was er tat, wirkte kompetent und sicher.

Schließlich blickte er auf. „Geht's?"

Wieder nickte ich. „Machst du das beruflich?"

Er grinste. „Nein, aber ich habe meine Oma versorgt, solange sie noch hier lebte. Sie hat sich oft im Garten verletzt, und so habe ich einige Übung." Er kam meiner Frage zuvor und fügte hinzu: „Sie ist vor zwei Jahren gestorben und hat mir das Haus vererbt."

Daher der verwilderte Garten und die urgemütliche, aber reichlich altmodische Einrichtung der Küche. Um mich abzulenken, hatte ich mich verstohlen umgeschaut. Ein alter Schrank stand gegenüber der Tür zum Garten. Gelsenkirchener

Barock, groß und wuchtig, in der Vitrine standen drei Sammeltassen, die mir gleich aufgefallen waren. Neben dem Spülstein stand ein kleiner Schrank aus den Fünfzigern in Pastellfarben, daneben ein Gasherd. Der Boden war mit geflammten alten Fliesen bedeckt. Wie bei meiner Oma.

„Möchtest du etwas trinken? Kaffee, Tee oder was Stärkeres?"

„Alkohol? Ne, besser nicht. Einen Tee?"

„Schwarz, grün, Kräuter oder Früchte?"

Ein Teetrinker - noch ein sympathischer Zug, der mich zum Lächeln brachte.

„Was für einen Grüntee hast du denn?"

„Sencha oder grünen Darjeeling."

„Darjeeling, bitte."

Während er zwischen Herd und Küchenschrank hantierte, beobachtete ich ihn. Schlank war er, mit einem knackigen Hintern in seiner verwaschenen Jeans, was mir auffiel, als er sich nach dem Tee im unteren Teil des Schrankes bückte. Seine schmalen Hände hatten mich schon beeindruckt, als er mit dem Verbandszeug hantiert hatte. Markantes Kinn mit einem Hauch von Bart und - ein freches Grinsen, weil er mich ertappt hatte bei meiner Musterung.

Ich grinste zurück.

„Zucker?"

Ich schüttelte den Kopf.

„Redest du immer so viel?"

Jetzt wurde aus meinem Grinsen ein Lachen. „Ich steige äußerst selten über den Lenker von meinem Rad, und noch seltener ist dann jemand zur Stelle, um mich zu retten. Das hat mich doch etwas beeindruckt."

Während er sich hinsetzte, fragte er: „Verrätst du mir, warum du mich ausgelacht hast, als ich dir meinen Namen gesagt habe?"

„Ich habe dich nicht ausgelacht." Ich merkte, wie mein Gesicht rot anlief, Mist. „Es hat nichts mit dir - naja doch - es hat mit deinem Namen zu tun."

Inzwischen hatte er den Tee aus einer modernen Glaskanne in zwei Tassen mit Zwiebelmuster gegossen. Einmalig, dieser Stilmix.

„Ich höre?"

„Ich bin heute Morgen singend durch den Fahrradkeller gegangen, als mich mein Vermieter ansprach und meinte, Vögel, die morgens sängen, hole abends die Katz. Es war mein erster Arbeitstag und ich habe seine Unkerei als Spaß abgetan, aber als ich gerade *Katz - lowski* hörte ..."

Seine Augen lachten. Sonst hatte sich sein Gesicht nicht bewegt.

„Eigentlich hat mich ja auch dein Hund vom Fahrrad geholt." Wie auf ein geheimes Stichwort spürte ich die Hundeschnauze unter meinem Arm. Mit meinen Fingerrücken strich ich dem Labrador über den Kopf. Erleichtert wandte ich mich dem Tier zu und von den verwirrenden Augen ab. Aber die Augen des Hundes hatten die gleiche Farbe, auch wenn sie einen vollkommen anderen Ausdruck hatten.

„Dann war das wohl keine Nachlässigkeit von mir, sondern Schicksal."

Diese todernst gesprochenen Worte ließen meine Nackenhaare zu Berge stehen. Sicherheitshalber beugte ich mich über den Hund. War es das?

Ich spürte, dass er mich beobachtete. Fakt war, dass er mir ausgesprochen sympathisch erschien. Oder war ich einfach noch verwirrt? Ich trank einen Schluck Tee.

„Du singst?"

„Ja, eigentlich fast ständig."

„Wenn du nicht gerade schweigst." Wieder war da dieses Lachen, das seine braunen Augen zum Funkeln brachte.

„Oder gerade trinke, rede oder pfeife ..." Oder küsse. Wieso kam mir das jetzt gerade in den Sinn? Wieder wurden meine Wangen heiß.

„Ich glaube, ich mache mich mal auf den Weg. Danke für den Tee."

„Warte, falls doch noch etwas sein sollte: Hier ist meine Karte."

Erstaunt hob ich den Kopf. Karte?

Des Rätsels Lösung landete gerade neben meiner Teetasse auf dem Tisch. Tobias Katzlowski, Musiklehrer. Saxophon, Percussion, Gesang.

„Damit hat sich die Frage nach deinem Beruf ja auch erledigt."

„Und ich bin im Nachteil. Was machst du? Studierst du noch?"

„Danke für die Blumen. Nein, ich bin in der Buchhaltung tätig."

„Und hattest heute deinen ersten Tag. Hier in der Nähe?"

„Nein, in Hiltrup, bei Chem-Industries."

„Da fährst du mit dem Rad? Sportlich, sportlich ..." Mit diesen Worten waren wir draußen bei meinem Rad angekommen. Auf den zweiten Blick stellte sich leider heraus, dass das Vorderrad eine Acht aufwies.

„Scheiße!"

Tobias hockte sich hin, um sich die Bescherung näher anzusehen.

„Ich habe einen Bekannten, der sich auf solche Sachen versteht. Wenn du einverstanden bist, repariert er dir das Rad bis zum Wochenende, natürlich auf meine Kosten."

Genervt merkte ich, dass mir die Tränen in die Augen schossen. Wie sollte ich jetzt nach Hause und morgen zur Arbeit kommen?

„Ich fahre dich nach Hause."

Als er merkte, dass ich nur geistesabwesend nickte, versuchte er, einen Blick auf mein Gesicht zu erhaschen. Zum Glück dämmerte es bereits.

„Hey, das wird schon wieder. Dir ist ja nichts Schlimmes passiert. Das Rad kriegt Martin schnell wieder hin. Versprochen. Ich hole gerade meinen Autoschlüssel."

Bevor er sich umwandte strich er mir kurz über den Oberarm. Fast hätte ich aufgeschluchzt. Ich wollte nur noch nach Hause, aber ich beherrschte mich, und als er wieder aus dem Haus kam und abschloss, konnte ich ihm wieder zulächeln.

Während der Fahrt erklärte er mir, welche Busse nach Hiltrup fuhren. „Ich würde dir ja mein Rad leihen, aber mit den Händen ist es sowieso fraglich, ob du fahren kannst."

Vor meiner Haustür angekommen, bedankte ich mich und stieg aus.

Noch am Abend suchte ich mir die passende Verbindung heraus, um am folgenden Morgen nach Hiltrup zu gelangen. Seufzend lud ich mir die App auf mein Smartphone, hatte ich doch als Studentin einige Male erlebt, wie es war, wenn man aufgrund kleiner Verspätungen in der Innenstadt strandete.

Ohne Zwischenfälle erreichte ich am kommenden Tag das Werk, und die Freundlichkeit, mit der ich willkommen geheißen worden war, hielt auch heute.

„Hast du Lust, mit ins Kino zu kommen?" Conny bezog mich in die morgendliche Teerunde mit ein.

Die Frage nach dem Filmtitel ergab allerdings eine echte Frauen-Herz-Schmalz-Komödie, sodass ich dankend ablehnte.

Umso mehr freute es mich, als sie beim Mittagessen den Faden wieder aufnahm und mich nach meinem Lieblingsfilm fragte.

„Ich gehe selten ins Kino."

Wir plauderten eine Weile, bis sie schließlich nach meinen Händen fragte. Zwar hatte ich die auffälligen Verbände gegen etwas diskretere Pflaster getauscht, aber Conny waren sie beim Essen nicht verborgen geblieben.

„Ich bin gestern etwas unsanft vom Rad abgestiegen." Einen Moment dachte ich an braune Augen, schüttelte den Gedanken jedoch schnell ab.

„Das klingt nach einer längeren Geschichte", ließ sich Conny vernehmen. Hatte ich etwa doch länger verträumt vor mich hingestarrt?

„An wen hast du gerade gedacht?"

Ich blickte in ein belustigtes Gesicht.

„An den Hund, der mir gestern in die Quere kam, ein brauner Labrador". Das war nur halb gelogen, die Augenfarbe war ja gleich.

„Deshalb mag ich nicht gern am Kanal Rad fahren. Mir laufen da zu viele Hunde herum. Von den Besitzern ist meist weit und breit nichts zu sehen. Naja, deren *Der will ja nur spielen*", kann mir eh gestohlen bleiben."

„Hast du unangenehme Erfahrungen gemacht?"

Auf dem Rückweg von der Kantine zum Büro kam heraus, dass Conny Angst vor Hunden hatte, und ich konnte mir gut vorstellen, wie unangenehm die Fahrt am Kanal für sie sein musste.

Netter Nebeneffekt unserer Unterhaltung war, dass sie mich am Abend mit nach Münster nahm. Das Angebot hatte sie spontan gemacht, als ich von meiner Busfahrt am Morgen erzählte hatte.

„Ich wollte sowieso noch in die Stadt", meinte sie und setzte mich am Ägidiimarkt ab.

So bummelte ich nach der Arbeit durch die Innenstadt unter den Arkaden des Prinzipalmarktes. Hier hatte sich seit meiner Studienzeit kaum etwas verändert. Vorbei am Friedenssaal und durch eine

Touristengruppe, die gerade andächtig den Erläuterungen über den Westfälischen Frieden lauschte, bog ich kurz darauf in die Salzstraße ab. Das Café an der Ecke kannte ich nicht. Auch wenn mir die Idee gefiel, am Fuße des Turms der Lambertikirche zu sitzen und Kaffee trinken zu können, jetzt war es mir zu kalt dafür. Ein kalter Ostwind blies mir entgegen, als ich, an Geschwindigkeit zulegend, in Richtung Mauritzviertel strebte. Für Münsters Gute Stube würde ich mir bei wärmerem Wetter mehr Zeit nehmen. Auch die anderen Menschen hasteten eher durch die Straße, als zu flanieren. Dafür sorgte der ruppige Wind.

Wie vereinbart, klingelte es am Samstag nach meinem Unfall an der Tür. Durch die Gegensprechanlage hörte ich: „Ich bin's, Martin. Ich bringe dir deine Leeze. Tobias schickt mich."

„Moment, ich komme runter." Ich musste das Fahrrad ja ohnehin in den Keller bringen.

Vor der Haustür stand ein verwuschelter Kerl, Marke Öko. Dass es die noch gibt, schoss mir durch den Kopf. Halblange Locken, handgestrickter Pullover und Latzhose. Fehlten nur noch … richtig, die Sandalen, die das Outfit vervollständigten.

Er musterte mich genauso wie ich ihn. „Du bist also die Sandra, die Tobias so beeindruckt hat."

Verwirrt starrte ich in sein Gesicht. „Wie bitte?"

Er grinste mich offen an: „Wenn ich seine Gefühlslage beschreiben sollte, würde ich sagen, er ist bis über beide Ohren verknallt."

Ich wendete mich verlegen ab. „Zum Fahrradkeller geht es hier lang."

„Keine Probefahrt?"

„Ne, mit meinen Händen traue ich mich noch nicht." Weitere Erklärungen waren nicht nötig, man schien sich bereits ausgiebig unterhalten zu haben.

Aber das war mir nicht unangenehm. Tobias hatte seinem Kumpel von mir erzählt. Unversehens machte mein Herz einen Sprung.

„Wenn irgendwas nicht in Ordnung sein sollte, kann ich mich ja an Tobias wenden."

„Gute Idee. Vielleicht hätte ich mir weniger Mühe mit der Reparatur machen sollen." Wir lachten beide. Er war herrlich unkompliziert. Ich fühlte mich, als würde ich ihn seit Jahren kennen.

Nachdem er mein Rad im Keller abgestellt hatte, wirkte er etwas verlegen. „Ich hoffe, man sieht sich." Mein Lächeln wartete er gerade noch ab, bevor er sich umdrehte und ging.

Ein Café am Kanal

Meine Handgelenke waren so gut verheilt, dass ich endlich wieder Rad fahren konnte. Es war einer dieser herrlichen Frühlingstage mit Sonnenschein und strahlend blauem Himmel, und da ich an diesem Freitagnachmittag meine ersten Überstunden abfeierte, kam ich zur besten Kaffeezeit am *Kanafé*, einem In-Café am Kanal, vorbei. Die Terrasse war schon gut besucht und ich beschloss spontan, eine Weile hier sitzen zu bleiben.

Mit einer großen Tasse Café au Lait lehnte ich mich zurück und genoss die Sonnenstrahlen auf meinem Gesicht.

Gesprächsfetzen streiften mein Ohr, Geräusche von vorbeifahrenden Fahrrädern und ihr leises Knirschen auf dem Radweg. Entspannt schloss ich die Augen. Dann hörte ich gedämpfte Musik, keine vollständigen Stücke, sondern einzelne Phrasen, erst von einem Bass, dann von einem Schlagzeug und schließlich vom Saxophon. Zuletzt mischte sich noch ein Klavier mit hinein.

„Haben Sie noch einen Wunsch?" Unbemerkt war die Kellnerin neben mir aufgetaucht.

„Gibt es hier heute Abend noch eine Veranstaltung?" Neben der Terrasse hingen Werbeplakate für verschiedene Konzerte, die hier im Laufe des Sommers stattfinden sollten.

„Ja, heute gibt es Livemusik, Jazz, wenn ich richtig informiert bin. Wer spielt, kann ich Ihnen leider nicht sagen. Ich frage gern nach, wenn es Sie interessiert."

Spontan bat ich sie um die Karte. Dieses Wochenende wollte ich mit einem auswärtigen Essen einläuten. Heute würde ich mir etwas gönnen.

„Sehr gern."

Die Kellnerin ging wieder hinein und brachte mir kurze Zeit später die Karte. Über die Musik sagte sie nichts mehr.

Ich entschied mich für eines der Tagesgerichte: Doradenfilet mit Frühlingsgemüse und Zitronennudeln. Dazu bestellte ich einen trockenen Weißwein.

In der Sonne sitzend, genoss ich den Ausblick, der sich mir hier bot. Ein Lastkahn tuckerte langsam am Café vorbei, und das leise Geräusch der Wellen baute die Illusion von Meer und Urlaub auf. Meine Gefühle passten dazu und ich beobachtete entspannt die Spaziergänger auf dem Weg zwischen Terrasse und Kanal.

Als ich mein Essen bekam, hörte ich von drinnen die ersten Klänge der Jazzcombo. Sanfte, einschmeichelnde Melodien drangen zu mir hinaus. Nach dem Stück hörte ich leisen Applaus und eine Stimme. Was gesagt wurde, verstand ich jedoch nicht. Dann kam das zweite Stück, und das Saxophon rückte in den Vordergrund. Die Rhythmen waren ungewöhnlich. Erst fiel es mir schwer, den Takt zu verfolgen, aber dann zählte ich konzentriert mit. Ständige Taktwechsel von sechs zu sieben Achteln machten das Stück interessant, ohne unruhig zu wirken. Darüber lag die rauchige Melodie des Saxophons, die sich um mich legte, wie eine warme Decke.

Ich vergaß fast mein Essen. Das dritte Stück begann und der Zauber verflog. Jetzt konnte ich meine Mahlzeit beenden und bestellte noch einen Espresso.

Zum Glück hatte ich meine Fleecejacke dabei. Heute Morgen war es empfindlich kalt gewesen, und jetzt sank die Temperatur spürbar. Ich zog die Jacke an und lauschte der Musik. Immer wenn das Saxophon erklang, fühlte ich mich, als würde mich jemand in die Arme schließen. Die Musik war ungewöhnlich und entlockte mir ein Lächeln.

Die Bedienung schaltete die Heizstrahler ein und verteilte Decken. Gern nahm ich das Angebot an und wickelte mir den flauschigen Stoff um die Beine, während ich weiter zuhörte.

Schließlich verstummte die Musik, und einige Menschen verließen das Café. Während einzelne über die Terrasse den Heimweg antraten, suchten sich andere einen Platz an den Tischen.

„Hallo Sandra."

Ich schreckte hoch. Neben mir stand Tobias mit einem großen Koffer in seiner Hand, das sah aus wie ein Instrumentenkoffer ... für ein Saxophon!

„Hast du da drinnen gespielt?"

„Mhm, hast du uns zugehört?"

„Ja." Wie sollte ich das jetzt sagen, ohne dass es merkwürdig klang. Ich war kein Groupie und wollte keiner sein, aber die Musik hatte mich berührt und ich wollte auf jeden Fall ehrlich antworten. „Eure Musik hat mich hier festgehalten. So ist aus einem Kaffee im Sonnenschein ein längerer Aufenthalt geworden."

Seine Augen leuchteten auf. „Darf ich mich zu dir setzen?"

„Klar."

Die Kellnerin brachte ihm ein Steak mit Salat und fragte, was wir trinken wollten.

„Noch ein Glas Wein bitte."

„Magst du auch Rotwein?"

Als ich nickte, orderte er eine Flasche Rioja.

Wenige Minuten später hielten wir unsere Gläser in der Hand und er prostete mir zu: „Auf unseren ersten gemeinsamen Abend."

Wir schauten uns in die Augen, als die Gläser leise klingelten. *Erster Abend*, das klang so, als sollten noch weitere folgen. Der Gedanke gefiel mir.

Tobias machte sich hungrig über sein Steak her, während wir ein wenig über die Musik fachsimpelten.

„Vor allem das zweite Stück hat mich fasziniert. Diese Taktwechsel ... Als ich erst einmal dahintergekommen war, klang es absolut harmonisch, dazu der Saxophonsound ..." Selbst jetzt, als ich darüber sprach, kroch mir wieder eine Gänsehaut über den Leib.

Tobias hing an meinen Lippen. Erst als ich eine Weile nichts mehr gesagt hatte, hob er den Blick und schaute mir wieder in die Augen. „Freut mich, dass es dir gefallen hat. Vorläufig haben wir leider keinen weiteren Gig. Unser Pianist hat ein Auslandssemester."

Er schob seinen Teller zurück und trank einen Schluck Wein. „Zum Glück muss ich nicht von den Auftritten leben, sonst käme eine lange Durststrecke auf mein Portemonnaie zu." Er lachte leise. „Für die täglichen Ausgaben habe ich meine Schüler. Der Unterricht macht sogar meistens Spaß."

„Meistens?"

„Naja, wenn Eltern ihrem Sprössling das Instrument aufdrücken und Erwartung auf talentfreien und womöglich faulen Nachwuchs trifft, wird es zäh."

Jetzt musste ich lachen, weil ich mir vorstellte, wie er vor einem vollkommen unbegabten, aber coolen Teenager stand und zum x-ten Mal erklärte, wie das Saxophon angesetzt wird. „Bist du geduldig?"

Sein Blick schweifte ab und nahm einen nachdenklichen Ausdruck an. „Ich kann sehr beharrlich sein. Geduldig bin ich, glaube ich, nicht immer."

„Eine interessante Unterscheidung." Jetzt schauten wir uns wieder in die Augen.

Gemeinsam leerten wir noch eine zweite Flasche Rioja und saßen schließlich allein auf der Terrasse. Um uns herum wurden die Tische abgeräumt, die Decken und Sitzkissen hineingetragen. Dann stand die Kellnerin am Tisch.

„Wir schließen. Möchten Sie gemeinsam zahlen?"

Ich warf einen Blick auf den Beleg und überschlug kurz meinen Anteil samt Trinkgeld. Sein Essen ging scheinbar aufs Haus.

Den Betrag für meinen Kaffee, das Essen und eine Flasche Wein legte ich auf den Tisch. Tobias hatte sich noch nicht bewegt.

„Ist das okay für dich?"

„Klar." Nachdenklich musterte er mich weiter, während er sein Portemonnaie zückte und die zweite Flasche beglich.

Als die Kellnerin weg war, holte er seinen Autoschlüssel aus der Tasche und betrachtete ihn einen Moment, bevor er ihn wieder wegsteckte. Mit einem Seufzen stand er auf und nahm seinen Instrumentenkoffer.

„Du willst doch wohl nicht mehr fahren, oder?" Ich machte mir ernsthaft Sorgen.

„Nein, das Auto kann ich morgen abholen, aber die Instrumente müssen ins Haus. Die Nächte sind noch zu kalt. Dummerweise habe ich noch ein Saxophon im Auto."

„Mein Lastesel steht da." Ich wies auf mein Fahrrad. „Darf ich es wagen, mein Geleit euch anzutragen?"

Ich hatte wohl doch mehr Wein getrunken, als ich dachte. „Wenn du einen Koffer trägst und wir einen auf den Gepäckträger packen, müsste es gehen."

Tobias grinste, machte kehrt und holte seinen zweiten Instrumentenkoffer. Währenddessen befestigte ich sein Saxophon an meinem Rad und wartete auf ihn.

Auch während des Fußweges gingen uns die Themen nicht aus, und so standen wir kurze Zeit später wieder vor seinem Gartentor.

„Da sind wir."

Bevor Tobias irgendetwas sagen konnte, verabschiedete ich mich von ihm und drückte ihm sein Sax in die Hand.

„Rufst du mich an?", fragte er.

Ich hatte mich schon abgewandt und drehte mich jetzt zu ihm um.

„Naja, du hast meine Telefonnummer ... Oder gibst du mir deine?"

Ich schmunzelte. „Ich rufe dich an." War es der Wein, der mich schwindlig machte? Seine Augen hielten mich fest.

„Versprochen?"

„Ja."

Am Samstagmorgen schlief ich erst einmal aus. Nur zögernd löste ich mich von meinen Träumen. Im Halbschlaf sah ich die braunen Augen von Tobias vor mir, wie sie mich im Schein der Kerze auf dem Tisch angeschaut hatten. Noch einmal drehte ich mich herum und genoss das gute Gefühl, das dieses Bild in mir hinterließ. Ja, ich würde ihn anrufen, aber noch nicht heute. Das wäre zu direkt.

Nach einem ausgiebigen Frühstück fuhr ich in die Innenstadt auf den Markt. Auch heute strahlte die Sonne vom frühlingskühlen Himmel, aber um diese Zeit herrschte Hochbetrieb zwischen den Ständen vor dem Dom.

Ich ließ mich treiben und entschied spontan, was ich für das Wochenende einkaufen wollte. Wieder einmal hatte ich am Ende viel zu viel gekauft und mehr Geld ausgegeben als geplant. Mit einem Schulterzucken verstaute ich den Einkauf auf dem Gepäckträger und warf noch einen letzten Blick zurück auf den Markt. Der nächstgelegene Stand hatte ein üppiges Angebot an Frühlingsblumen. Spontan ging ich noch einmal zurück, um mir einen dicken Strauß Tulpen zu besorgen.

Wieder am Fahrrad angekommen, stand ich nun vor dem Problem, wie ich diesen Strauß zusätzlich unterbringen sollte. Ich behielt ihn in der Hand und schob mit der anderen mein Rad aus dem Gewimmel am Dom heraus, dann über den Prinzipalmarkt, Münsters gute Stube. Schließlich wurden die Wege freier, sodass ich es wagte, einhändig zurückzufahren.

Zuhause versorgte ich als Erstes die Blumen. In meiner Saftkaraffe angeordnet, strahlten sie vom Esstisch aus durch das ganze Wohn-Esszimmer und verbreiteten gute Laune.

Der Rest des Tages verging mit den üblichen Wochenendaktivitäten: Putzen, Waschen und Entspannen.

Sonntagfrüh rief meine Schwester Ela an, um mir mitzuteilen, dass sie mich zum Frühstück überfallen würde. Eigentlich hieß sie Manuela, aber nur bei offiziellen Anlässen.

Ich hatte es gerade noch geschafft, mich präsentabel herzurichten, als es auch schon klingelte. Der Brötchenduft eilte ihr voraus, und kurze Zeit später stand sie vor mir.

„Hallo, Schwesterchen, ich habe mir gedacht, ich will mit eigenen Augen sehen, wie du dich eingerichtet hast, und mit eigenen Ohren hören, was du in den ersten Wochen erlebt hast."

Ich umarmte sie und bat sie herein. „Milchkaffee, wie immer?"

„Na klar." Während sie antwortete, begann sie ihre Inspektionsrunde durch die Wohnung.

Leise schmunzelnd setzte ich die Macchinetta für den Espresso auf den Herd und erwärmte die Milch.

„Fein rausgeputzt und sogar Blumen." Sie stand in der Tür und ließ ihren Blick durch das große Zimmer wandern. „Hat Mama gepetzt?"

„Nein, mir war einfach gestern danach. Du musst unbedingt mal samstags kommen, dann gehen wir gemeinsam auf den Markt."

Gemeinsam deckten wir den Tisch und saßen kurz darauf vor einem herrlichen Frühstück.

„Erzähl, wie ist es, wieder hier in Münster zu arbeiten?"

„Die Arbeit lässt sich gut an. Nette Kolleginnen, eine tolle Abteilungsleiterin, sogar einen Hahn im Korb haben wir."

Als sie fragend schaute, erzählte ich von Robert Held und seinem voreiligen und vergeblichen Versuch, mit mir anzubandeln.

„Und das bei deinem empfindlichen Näschen ..." Sie prostete mir mit der Kaffeetasse zu. „Und sonst?"

Prompt dachte ich an Tobias, den ich heute anrufen wollte.

„Dieses Leuchten kenne ich", riss Ela mich aus meinen Gedanken. „Erzähl!"

Verlegen wand ich mich. „Da gibt es nichts zu erzählen, naja, fast nichts." Aber ich kannte meine Schwester und wusste, dass sie nun nicht mehr lockerlassen würde, bis sie jedes Detail erfahren hatte.

Also erzählte ich ihr von meinem Zusammenstoß mit Trüffel und dem kleinen Backsteinhaus am Kanal, vom Abendessen im *Kanafé* und dem Konzert, das Tobias mit den anderen Bandmitgliedern gegeben hatte.

„Dich hat es ja voll erwischt", lautete ihre Diagnose, als ich fertig war. Verlegen nahm ich einen Schluck vom Kaffee, der inzwischen kalt geworden war.

„Möchtest du auch noch einen?"

„Du lenkst ab, aber ja, gerne." Breit grinsend beobachtete sie, wie ich mit den beiden Tassen zu meiner Küchenzeile verschwand und die Macchinetta ein zweites Mal beschickte.

Entspannt plaudernd setzten wir das Frühstück fort.

„Was hältst du von einem Spaziergang am Kanal?"

„Gute Idee, schließlich will ich wissen, wie du hier lebst."

„Komm, aufräumen können wir später."

Als wir unten an der Haustür ankamen, sah ich, wie jemand einen Zettel in den Briefkasten warf. Als der Mann sich umdrehte, blieb mir einen Moment die Luft weg.

Tobias schien es genauso zu gehen. Schweigend standen wir voreinander, und alles um mich herum war vergessen.

„Kommst du, Sandra?" Die Stimme meiner Schwester klang von der Straße zu mir herüber.

„Wie? Ja, einen Moment ..." Wieder versank ich in den braunen Augen, bis es mir schließlich gelang, mich mühsam zusammenzureißen. Ob er mir glauben würde, wenn ich ihm sagte, dass ich vorgehabt hatte, ihn anzurufen? Aber das konnte ich nicht sagen, wie klang das denn? So blieb es bei dem vergeblichen Versuch, etwas zu sagen.

„Ich war gerade in der Gegend und habe dir einen Handzettel in den Briefkasten geworfen. Ein Chorprojekt ... falls du Lust hast. Überleg's dir."

Er nickte Ela grüßend zu und ging zurück zu seinem Auto. Hatte seine Stimme enttäuscht geklungen?

Als die Tür zufiel, erwachte ich aus meiner Starre. Meine Güte, ich war doch sonst nicht auf den Mund gefallen. Warum hatte ich keinen Ton gesagt? Jetzt war es zu spät.

„Wer war das denn?" Ela musterte mein Gesicht.

„Das war Tobias."

„Nee", sie wirbelte herum, um dem Auto hinterherzusehen, „Mist, und ich habe nicht richtig hingeschaut!" Dann drehte sie sich zu mir herum. „Warum hast du denn nicht mit ihm geredet?"

„Ich weiß nicht." Ich zuckte mit den Schultern. Ich war immer noch durcheinander und fühlte mich wie gelähmt.

„Dich hat es ja wirklich erwischt." Dieser Satz, irgendwo zwischen Sorge und Belustigung, holte mich zurück in die Wirklichkeit.

„Quatsch! Ich kenne ihn doch kaum. Da geht es lang!" Forsch ging ich an ihr vorbei in Richtung des Kanals. Mein Gesicht brannte, und dieses Gefühl verstärkte sich noch, als ich Ela hinter mir lachen hörte. Ich hörte, wie sie die Strecke bis zu mir im Laufschritt zurücklegte, und spürte, dass sie sich bei mir unterhakte. „Du solltest zu der Veranstaltung gehen."

Als ich nicht reagierte, ließ sie das Thema zum Glück ruhen.

Nach einem einstündigen Spaziergang verabschiedete sich Ela vor der Haustür und wiederholte ihren Rat, die Einladung von Tobias anzunehmen.

Ich schaute ihrem Wagen hinterher und holte dann den Handzettel aus dem Briefkasten. Es war Werbung für einen Jazzchor, die Proben sollten zunächst für sechs Wochen an den Montagabenden stattfinden. An Auftritten war vorerst nur ein Event zum Jubiläum eines Bildungshauses geplant.

Ich hatte Tobias erzählt, dass ich gern sang. Brauchte er Leute, damit das Projekt zustande kam? Oder wollte er mich einladen?

Diese Fragen würde ich ihm nicht stellen, aber so hatte ich einen Aufhänger für das Telefonat, das vor mir lag. Vielleicht würde ich auf diese Weise verhindern können, dass wir uns am Telefon anschwiegen.

Oben in der Wohnung angekommen, schwankte ich schon wieder. Sollte ich wirklich anrufen oder morgen einfach hingehen?

Wenn ich heute nicht anrufe, traue ich mich morgen sowieso nicht, mahnte eine kleine, hartnäckige Stimme in meinem Hinterkopf, die verdächtig nach meiner Schwester klang.

Die Visitenkarte steckte noch in meinem Rucksack, und mit Karte und Telefon bewaffnet, machte ich es mir auf dem Sofa bequem.

„Katzlowski."

„Hallo Tobias, hier ist Sandra ... Ich hätte da noch ein paar Fragen zu dem Chorprojekt."

Mein Herz klopfte heftig und ich war froh, dass mich momentan niemand sah.

„Du hast Interesse? Welche Stimmlage singst du denn?"

Seine Stimme klang warm und samtig durch den Hörer. So sexy hatte ich sie gar nicht in Erinnerung gehabt. Ich musste schlucken, bevor ich antworten konnte.

„Im Schulchor habe ich früher im Alt gesungen, aber weniger wegen meiner Stimme. Die Sopranparts hätte ich auch erreicht, aber wir hatten zu wenige Altistinnen."

„Du bist also flexibel und hast Erfahrung im mehrstimmigen Gesang? Perfekt. Was willst du denn wissen?"

Tja, was wollte ich eigentlich fragen?

„Kannst du mir etwas über die Stücke sagen, die gesungen werden sollen?"

„Für den Anfang hatte ich an einen Kanon gedacht. Ich weiß ja nicht, wer kommen wird, ob wir einen vier- oder dreistimmigen Chor zusammenstellen können. Falls es ausreichend Interessenten gibt, werden wir *What a wonderful world* singen."

„Armstrong?"

„Ja, genau. Ein relativ einfacher Satz für zwei Frauen- und eine Männerstimme. Dafür müssten aber auch ein paar Männer kommen."

„Und die Probe ist im ... Bennohaus?"

„Ja, ganz bei dir in der Nähe, etwa auf halber Strecke zwischen deiner Wohnung und dem *Kanafé*. Ich würde mich freuen, wenn du kommst."

Schluck, wie war das jetzt gemeint? Meinte er mich oder einfach eine weitere Sängerin? Egal, ich musste etwas sagen.

„Dann sehen wir uns morgen. Bis dann!"

„Bis morgen. Ich freue mich."

„Ciao", bekam ich gerade noch heraus, bevor mir die Luft wegblieb. Das Knacken in der Leitung zeigte das Ende der Verbindung an. Langsam nahm ich das Telefon vom Ohr und legte es neben mich. Unwillkürlich musste ich grinsen. Also würde ich ihn wiedersehen.

What a wonderful world

Pünktlich stand ich am Montagabend vor dem Bennohaus und versuchte, mir meine Nervosität nicht anmerken zu lassen.

„Willst du auch zum Chor?"

Als ich mich umdrehte, sah ich eine junge Frau vor mir, vermutlich Studentin, modern bis flippig angezogen. Sie schob ihre Sonnenbrille nach oben in die langen blonden Haare.

„Ja, weißt du, wo das Treffen ist?"

Das studentische Du war mir selbstverständlich herausgerutscht, schien aber okay zu sein.

„Lass uns zusammen fragen." War sie etwa auch nervös? Wenn, dann gelang es ihr ausgezeichnet, dies zu überspielen.

Kurze Zeit später saßen wir in einer Stuhlrunde eines mittleren Konferenzraumes, außer uns beiden waren noch drei Männer anwesend und sechs weitere Damen.

Das sieht nach einem dreistimmigen Chor aus, wenn keine Männer mehr auftauchen, ging es mir gerade durch den Kopf, als Tobias hereinkam. Er ließ seinen Blick kurz über die Anwesenden gleiten, und ich sah seinen nachdenklichen Blick. Scheinbar ging er schon die Möglichkeiten durch.

Als Lockerungsübung sollten wir zum Klang der Cachon durch den Raum gehen und in den Musikpausen das jeweilige Gegenüber begrüßen. Ich hasse solche Spielchen. Zum Glück ließ er es bei vier Runden bewenden und kam dann zu uns. Während wir uns im Kreis aufstellten, knetete Tobias einen Softball in seinen Händen.

„Jeder wird seinen Namen nennen und den Ball weiterwerfen. Wer fängt, wiederholt den Namen in Tonlage und Rhythmus und ergänzt seinen eigenen Namen. Wer den Ball ein zweites oder drittes Mal bekommt, denkt sich bitte etwas Neues aus."

Kurz musterte er die Runde und wartete auf Rückfragen.

„Tobias", erklang es kurz darauf in sauberem Dreiklang, und ich bekam den Ball. Ich wiederholte den Klang und sang mein „Sandra", wie einen Kuckucksruf.

So ging es eine Weile, und ich merkte, wie Tobias die Stimmen und die Exaktheit der Wiedergabe registrierte. Wir spielten, und er machte sich nebenbei ein Bild von den Fähigkeiten der Teilnehmer. Ausgefuchst. In Runde drei legte er die Messlatte höher und fügte gewagte Rhythmen ein. Hier stießen einige Teilnehmer an ihre Grenzen.

Wie angekündigt übten wir anschließend den Kanon, der dreistimmig schon ansprechend klang, und wendeten uns dann Louis Armstrong zu. Die Hauptmelodie kannten natürlich alle, und dann sangen wir gemeinsam die zweite und dritte Stimme durch.

Die Aufteilung bereitete zunächst leichte Schwierigkeiten. Die Männerstimme war natürlich klar, aber die Damen zierten sich. Während ich mit leichtem Grinsen zu einer Daniela hinüberging, die eine wundervolle Altstimme hatte, traute sich von den anderen Damen zunächst keine in die zweite Stimme.

„Dann probieren wir es mehrmals in verschiedenen Aufteilungen", entschied Tobias, und das gemeinsame Singen ging weiter.

Nach zwei Stunden standen wir locker plaudernd vor dem Gebäude und keiner fand so recht den Weg nach Haus.

„Wir können noch zusammen ins *Kanafé* gehen", schlug Julia vor. Durch die Anfangsrunde wusste ich inzwischen den Namen der Blondine, die auffällig die Nähe von Tobias suchte.

Ich schaute auf die Uhr. Ich fand es zwar schade, einfach nach Hause zu fahren, aber jetzt noch loszugehen würde bedeuten, nicht vor Mitternacht ins Bett zu kommen. Das konnte ich mir momentan nicht erlauben, zumal für morgen Überstunden anstanden.

„Ich muss nach Haus, bis nächste Woche", verabschiedete ich mich daher.

„Seid ihr alle am nächsten Montag wieder dabei?", fragte Tobias in die Runde.

Das allgemein zustimmende Gemurmel bekam ich noch mit, während ich mein Fahrrad aufschloss.

„Bis nächsten Montag!", rief Tobias mir nach. Beim Wegfahren überlegte ich, ob es ein Fehler sei, aber die Vernunft siegte. Ich brauchte meinen Schlaf.

Die Montage waren ab diesem Tag fest verplant. Den ersten Auftritt absolvierten wir mit Bravour, und alle waren sich einig, dass wir weitermachen wollten. So trafen wir uns auch nach den ersten sechs Wochen des Projektes regelmäßig zum Singen.

Am Ende einer Probe, es war kurz vor den Sommerferien, lud uns Tobias zu sich ein.

„Am Wochenende feiere ich meinen Vierzigsten. Viele Musiker, Schüler und natürlich auch ihr seid herzlich eingeladen, am Samstag mit mir in den Geburtstag reinzufeiern."

Damit war der Rahmen gesteckt und nach der Probe standen wir noch eine Weile zusammen und überlegten, was wir ihm schenken sollten. Ernsthafte Ideen gab es keine, also einigten wir uns darauf, einfach ein hübsch verpacktes Geldgeschenk zu überreichen.

„Du hast doch jeden Tag damit zu tun, übernimmst du das?" Julia sprach mich direkt an.

„Das Geld, mit dem ich da hantiere, begegnet mir aber nie persönlich", scherzte ich. „Ich jongliere mehr mit Zahlen. Aber ich kann das übernehmen."

Also sammelte ich das Geld ein und überlegte, wie man es übergeben könnte. Ich hatte ja noch eine Woche Zeit und würde im Internet nach Ideen forschen.

Nach einigem Hin und Her hatte ich mich für eine Bühne mit Playmobilmusikern entschieden. Ein Dirigent wäre auch zu haben gewesen, aber das Outfit der Figur mit blauem Anzug schien mir nicht so ganz zu passen. Also hatte ich den etwas teureren Bluesbrother besorgt, einen Saxophonisten mit schwarzem Anzug.

An zwei Abenden bastelte ich schließlich eine Bühne aus dem Geld und verpackte alles, sodass ich zufrieden mit meinem Werk war.

Als der Samstag gekommen war, verstaute ich die Bühne vorsichtig in einem Karton, den ich in den Fahrradkorb stellte, und machte mich auf den Weg.

Auf mein Klingeln öffnete eine junge Frau die Tür.

„Hereinspaziert, die Garderobe ist hier. Wenn du noch ein Geschenk parken willst, kannst du mein Zimmer nehmen, oben an der Treppe rechts. Getränke gibt es in der Küche, immer dem Krach nach."

Mein Zimmer? Ich hatte nicht gewusst, dass außer Tobias noch jemand hier wohnte. Ich folgte ihrem Hinweis und verstaute das Geschenk oben in ihrem Zimmer, während ich mich neugierig umschaute. Eine typische Studentenbude: Bett, Schreibtisch, Regal, allerdings nur wenige Bücher. Das Bett war eins von der Sorte, die man tagsüber in ein Sofa verwandeln konnte, oder war es immer ein Sofa? Sie hatte sich so souverän als Gastgeberin präsentiert.

Nachdenklich ging ich wieder nach unten, dem Lärm nach, und betrat die Küche. Daniela vom Chor war schon da und begrüßte mich erleichtert, da sie von den anderen niemanden kannte.

„Habt ihr schon Getränke?" Plötzlich stand die junge Frau wieder vor uns. „Ich bin Alex, die Untermieterin von Tobias. Er hat mich heute als 'Mädchen für alles' engagiert. Und? Was wollt ihr?"

Ein echtes Energiebündel, registrierte ich beiläufig, während sich eine gewisse Erleichterung in mir breitmachte. Da der Abend noch lang werden sollte, entschied ich mich für eine Cola.

Nach und nach füllte sich die Küche, und Daniela und ich verzogen uns nach draußen.

„Eigentlich wäre es unser Job, ihm ein Ständchen zu singen", sinnierte sie.

„Wir können ja *Happy Birthday* anstimmen und alle mitsingen lassen. Unser Repertoire gibt noch nicht so viel her, und so ganz ohne Proben und Dirigenten ..." Den Rest ließ ich offen. Ich hatte keine Lust, mich hier zu produzieren, geschweige denn lächerlich zu machen. Wer wusste schon, welche Musik-Koryphäen hier zu Gast waren. Wir unterhielten uns eine Weile, bis die Pizza geliefert wurde. Riesige Bleche mit „Familienpizza" wurden in die Küche getragen und dufteten verführerisch. Inzwischen hatte ich auch ausreichend Hunger. Mit je einem Stück Pizza und einem Glas Rotwein setzten wir uns auf eine Gartenbank, etwas abseits des Trubels. Diese lauschige Ecke des Gartens war vom Haus aus nicht einsehbar.

Nach einer Weile erklang Musik aus einem Fenster in der ersten Etage. In den Gitarrensound mischte sich ein Saxophon, und ich erkannte das Stück, mit dem das Konzert im *Kanafé* eröffnet worden war. Jetzt mischte sich noch eine Cachon mit hinein. Die Taktwechsel schienen den Cachonspieler jedoch zu überfordern.

„Was soll das denn werden?", fragte Daniela neben mir.

„Das Stück habe ich schon mal gehört, allerdings in anderer Besetzung. Wenn ich Tobias richtig verstanden habe, ist der Pianist momentan nicht in Deutschland, und der Drummer scheint auch ein anderer zu sein."

„Komm, lass uns hochgehen."

Bevor ich reagieren konnte, war sie schon zum Haus zurückgelaufen. Ich folgte ihr langsamer und nahm mir auch die Zeit, die Teller und Gläser in der Küche abzustellen.

Dem Klang folgend, ging ich zum zweiten Mal an diesem Abend die steile Holztreppe hinauf. In dem kleinen Flur hatten sich einige Gäste versammelt. Alle blickten nach links, wo es einen weiteren Raum zu geben schien.

Oben angekommen, erhaschte ich einen Blick auf ein Musikzimmer. Mehrere Gitarren und Saxophone hingen an den Wänden, Regale voller Noten füllten die Wand unter der Schräge, ein Keyboard stand verwaist in der Ecke. Scheinbar gab es einen zweiten Versuch an der Cachon. Das Gesicht des Mannes, der sich nun über das Instrument beugte, hatte ich schon einmal gesehen, und tatsächlich erklangen die Rhythmuswechsel diesmal gekonnt mit Gitarre und Sax zusammen.

Nach dem Stück wurde noch eine Weile gefachsimpelt, aber die drei stellten die Instrumente beiseite. Schade eigentlich, ich hätte gern mehr gehört.

Nach und nach gingen alle wieder nach unten und versorgten sich mit frischen Getränken. Daniela besorgte uns ein weiteres Glas Wein.

Kurz vor Mitternacht kam Julia hektisch angelaufen. „Kommt, wir sammeln uns am Gartentörchen. Wo ist das Geschenk?"

Ich bot an, es zu holen, während Daniela mit Julia ging.

Punkt zwölf sangen alle zusammen *Happy Birthday*, und die Schlange der Gratulanten zog an Tobias vorbei.

„Wer überreicht denn unser Geschenk?"

Wieder organisierte Julia alles. „Ich übernehme das."

Danielas Kommentar, dass es mir zustehen würde - schließlich hätte ich es ja auch gebastelt - überhörte sie.

Sie flitzte voran und übergab Tobias meine Bastelei. Er würdigte das Geschenk, indem er es sich von allen Seiten anschaute.

Julia umarmte ihn und gab ihm auf beide Wangen je einen Kuss.

Während ich mich noch fragte, ob ich doch etwas verpasst hatte an den Montagen im *Kanafé*, beobachtete ich, dass jede Frau aus dem Chor es ihr nachmachte. Schließlich stand ich vor ihm.

„Alles Gute, auf dass sich mindestens einer deiner Träume im nächsten Lebensjahr erfüllen möge."

Nach dem ersten Wangenkuss spürte ich plötzlich seine Lippen. schmetterlingsgleich, sich zärtlich zurückhaltend, lagen sie auf meinen. Unwillkürlich reagierte ich und spürte, wie er mich mit seinen

Armen fester hielt, während der Kuss intensiver wurde. Alles um mich verschwamm, nur seine Lippen und seine Hände, die mich hielten, spürte ich noch.

Erst als das Gejohle um uns lauter wurde, löste ich mich von ihm.

„Danke", flüsterte er mir ins Ohr oder hatte ich mich verhört?

Ich trat zurück, um weitere Gratulanten vorbeizulassen und um aus dem Schein der Gartenlaterne herauszukommen. So wie mein Gesicht brannte, war es sicher rot wie eine Tomate. Unauffällig zog ich mich zurück. Mein Herz klopfte wild, und ich brauchte eine Sitzgelegenheit.

Auf der Bank angekommen, lehnte ich mich an und schaute in den Sternenhimmel. Noch immer konnte ich die Berührung auf meinen Lippen spüren.

„Darf ich?"

Erschrocken zuckte ich beim Klang von Tobias Stimme zusammen. Blöde Frage, er war hier zu Hause.

„Klar."

Beim Hinsetzen legte er beiläufig seinen Arm auf die Rückenlehne, so dass seine Hand meine Schulter berührte. Mir kroch eine Gänsehaut über den Rücken.

„Habe ich dich sehr geschockt?"

„Hattest du den Eindruck?"

Aus dem Augenwinkel sah ich, dass er grinste. Aber ich drehte mich nicht zu ihm um.

„Nein, den hatte ich nicht ... Ich hege sogar die Hoffnung, dass es dir gefallen hat. Es sei denn, du hättest deine Meinung geändert."

Erstaunt blickte ich ihn nun doch an. Fragend zog ich die Augenbrauen zusammen.

Mutiger geworden, strich er mit seinem Daumen über meine Wange.

„Das wollte ich lange schon mal tun, aber ich hatte nie die Gelegenheit."

Ich wollte etwas sagen, aber wieder einmal war meine Kehle wie zugeschnürt. Alles, was mir in den Sinn kam, war abgedroschen und passte überhaupt nicht zu dieser Situation. Vielleicht sollte ich ihn einfach noch einmal küssen? Für den Anfang schmiegte ich meine Wange in seine Hand. Bei dem spärlichen Licht, das vom Haus bis hierher drang, war ich mir nicht ganz sicher, aber ich glaubte, seine Augen strahlen zu sehen. Er neigte seinen Kopf zu mir herüber, ohne mich aus den Augen zu lassen, und ich kam ihm entgegen.

„Tobias? Wo bist du? Das Bier geht aus, du musst das Fass auswechseln." Alex näherte sich suchend.

„Die Pflichten eines Gastgebers", stöhnte Tobias leise. „Aber ich komme gleich wieder, versprochen."

„Tobias? Ah, gut, dass ich dich gefunden habe. Das Bier …"

„… geht zur Neige, ich habe dich gehört." Er stand auf und ging an Alex vorbei, die mich ungeniert musterte.

„Du bist also die Sandra, die Trüffel vom Rad geholt hat? Martin hat mir die Geschichte erzählt."

„So, was hat er denn erzählt?"

„Lass mich überlegen. Du fährst gern Rad, jeden Tag nach Hiltrup zur Arbeit, und hast Tobias so richtig den Kopf verdreht."

„Wie kommt Martin dazu, sowas zu erzählen?"

„Was habe ich getan?" Mit unschuldigem Gesichtsausdruck stand Martin vor uns. „Tobias schickt mich. Wenn ich es richtig verstanden habe, soll ich dich davon abhalten, zu flüchten." Mit einem breiten Grinsen setzte er sich zu mir auf die Bank.

„Du hast herumerzählt, ich hätte Tobias den Kopf verdreht?"

„Stimmt doch. Ich finde, ihr passt ausgezeichnet zusammen." Er lehnte sich zurück und schaute in den Sternenhimmel. Alex war wieder verschwunden.

„Hat er mal von mir erzählt?" Ich war mir nicht sicher, ob er mich gehört hatte. Zum einen hatte ich sehr leise gesprochen, und zum anderen reagierte er nicht sofort.

„Warum machst du dir so einen Kopf?" Seine Haltung hatte sich nicht verändert. „Tobias mag dich, wenn nicht sogar mehr, und du magst ihn anscheinend auch." Jetzt wandte er sich mir zu. „Euer Kuss wirkte zumindest ziemlich ... heiß."

Wieder merkte ich, dass meine Wangen brannten. Ich schluckte.

„Nur, dass ich kein Wort herausbekomme, wenn Tobias mich anschaut. Keine gute Basis für ... was auch immer."

„Das ist die beste Basis, weil es zeigt, dass es dich voll erwischt hat. Möchtest du noch etwas trinken? Eigentlich müsste Tobias längst mit dem Fass fertig sein."

Er zog mich hoch und schleppte mich zum Haus hinüber. Als wir um einen Holunderstrauch herumgingen, sah ich unvermittelt Julia, die sich beim Tanzen eng an Tobias schmiegte. Die Musik hatte ich gar nicht gehört. Für einen Moment sah ich den beiden zu.

Enttäuschung stieg in mir auf. Nur nichts anbrennen lassen, schoss es mir durch den Kopf. Er hielt Julia so, wie er mich gehalten hatte, und er lachte und scherzte.

„Lass gut sein, ich muss nach Hause." Ich hatte Martin kurz die Hand gedrückt und ihm dann meine entzogen.

„Aber du wirst dich persönlich vom Gastgeber verabschieden." Martin musterte mich besorgt. Er schien meine Stimmung deutlich herausgehört zu haben.

„Das macht man doch so, oder? Ich hole nur meine Jacke."

Auf der Treppe kam mir Alex entgegen. Sie wirkte etwas abgehetzt. „Ganz schön viel zu tun als Mädchen für alles und bei so vielen Gästen", scherzte sie.

„Gleich ist es ein Gast weniger", murmelte ich und holte meine Jacke. Meinen Rucksack hatte ich hineingewickelt, um ihn nicht den ganzen Abend bei mir tragen zu müssen.

Als ich die Treppe wieder hinunterging, sah ich durch das Fenster, dass Tobias und Julia immer noch tanzten. Kurzentschlossen bog ich direkt zur Haustür ab und verschwand leise.

Höhen und Tiefen

Als mich Conny am Montag fragte, ob wir nach der Arbeit noch gemeinsam shoppen wollten, sagte ich spontan zu. Zwar meldete sich das schlechte Gewissen, weil ich so einfach die Chorprobe sausen ließ, aber heute hatte ich keine Lust, Julia zu begegnen. Den eigentlichen Grund schob ich weit weg, in einen entfernten Winkel meines Hirns. Die Enttäuschung, mit der ich auf dem Heimweg von der Party zu kämpfen gehabt hatte, tat noch immer zu weh.

Es wurde ein netter Ausflug in die Innenstadt. Conny war gut darüber informiert, wo man ausgefallene und bezahlbare Mode finden konnte, und das abseits der großen Ketten, die auch hier die City erobert hatten.

Unsere Einkäufe begossen wir in einer In-Kneipe an der Salzstraße. Jetzt, kurz nach Geschäftsschluss, war es noch nicht zu voll, und als Teil der arbeitenden Bevölkerung machten wir zwei Stunden später Platz für Studenten, die unseren Tisch direkt übernahmen.

Mit leichter Wehmut dachte ich daran, dass ich zehn Jahre zuvor selbst erst zu dieser Stunde losgezogen wäre, frühestens.

„Das waren noch Zeiten, wie?" Conny hatte meine Stimmung gespürt. Ihr schien es ganz ähnlich zu gehen.

„Hast du auch in Münster studiert?"

„Nein, meine Ausbildung habe ich in Warendorf gemacht. Aber wenn ich Urlaub hatte, bin ich mit meinen alten Schulkameraden losgezogen, die hier in Münster studierten. Geschlafen haben wir wenig." Sie zwinkerte mir zu.

Als wir uns an der Lambertikirche trennten, bemerkte sie noch, dass wir das bei Gelegenheit wiederholen sollten, und ich stimmte ihr aus vollem Herzen zu.

Schnell fühlte ich mich in Münster wieder Zuhause. Meine Wohnung in der Nähe des Kanals sorgte dafür, dass ich rasch im Grünen war und ebenso fix mitten in der Stadt, um zu shoppen oder nette Abende mit den Kollegen zu verbringen.

Nur zum Chor hatte ich mich nach der Geburtstagsparty nicht mehr getraut. Das Singen fehlte mir zwar, aber die Vorstellung, Tobias zu begegnen, jagte mir gehörig Angst ein. Wie sollte ich ihm erklären, warum ich einige Wochen nicht gekommen war? Wie sollte ich ertragen, dass Julia mit ihm zusammen war? Ich wollte ihn sehen und hatte gleichzeitig Panik davor.

Also konzentrierte ich mich auf die Arbeit.

Für den Weg nach Hiltrup hatte ich inzwischen eine fast autofreie Strecke entdeckt. Die Vögel begleiteten mich, und nur an den Brücken hörte ich die Autos im allmorgendlichen Stop-and-go-Verkehr.

Nach einem Vierteljahr kannte ich die Teile des Weges, auf denen ich mit Enten oder Kaninchen rechnen musste, kannte die bevorzugten Hundewiesen und wusste, wo ich in Gedanken versunken vor mich hin radeln konnte.

Aber heute war alles anders. Schon fast in Hiltrup angekommen, fand ich mich plötzlich an einer Polizeiabsperrung wieder. Zwei Beamte in Uniform erklärten mir freundlich, dass der Weg am Kanal entlang gesperrt war.

Mist, so gut kannte ich mich hier nun auch wieder nicht aus.

„Wie komme ich denn am besten zu Chem-Industries?", fragte ich kurzerhand die Polizistin.

„Was wollen Sie denn da?", tönte es mir misstrauisch entgegen.

„Ich arbeite dort."

Durfte sie mich das fragen? Musste ich ihr antworten?

Meine Gedanken wurden von ihrer Wegbeschreibung unterbrochen.

"... den Weg zurück, dann bei nächster Gelegenheit rechts ..."

In etwa konnte ich mir vorstellen, dass ich den Park umfahren sollte.

„Was ist denn passiert?"

„Dazu kann ich nichts sagen."

Hinter ihr wurde gerade ein Metallsarg in einen schwarzen Kombi geschoben.

Einen Moment starrte ich auf die unwirkliche Szene. So unvermittelt vor einem Leichenwagen zu stehen, schockierte mich.

Als sich die Polizistin abwandte, fuhr ich wie angewiesen meinen Weg zurück.

Während ich mein Rad in den Fahrradständer schob, sah ich die blinkenden Lichter der Werksfeuerwehr. Auch hier waren überall Polizeibeamte. Etwas verunsichert zückte ich meinen Betriebsausweis und betrat das Gelände. Bevor ich zum Verwaltungsgebäude abbiegen konnte, traten mir zwei Polizisten in Uniform in den Weg. „Frau Feder?"

„Ja?"

„Würden Sie uns bitte begleiten?"

„Was ist denn los?"

„Das möchten wir nicht hier besprechen." Die beiden begleiteten mich ins Verwaltungsgebäude, vorbei an Kolleginnen, die mir mit offenem Mund hinterherstarrten.

Im Besprechungszimmer saßen zwei Herren im Anzug. Der sonst leere Tisch war zur Hälfte mit Laptops, Handys und Fotos bedeckt. Ich wurde gebeten, am unteren, freien Ende Platz zu nehmen.

Nachdem einer der Beamten mit dem Herrn im Anzug getuschelt hatte, verschwanden die Uniformierten, und die Anzugträger wandten sich mir zu.

„Frau Feder?"

„Ja. Können Sie mir sagen, was hier eigentlich los ist?"

„Das werde ich, sobald Sie mir einige Fragen beantwortet haben."

„Und Sie sind?"

Für die Frage hatte ich all meinen Mut zusammengenommen, aber ich ließ mich normalerweise nicht so herumschubsen. Als er mich nur einen Moment abwägend anschaute, bröckelte mein Selbstvertrauen wieder.

„Ich bin Bertold Krüger vom BKA. Sie arbeiten seit März für Chem-Industries?"

Mein Nicken schien ihm zu genügen.

„Wo waren Sie gestern Nachmittag?"

Verwundert runzelte ich die Stirn. „Ich habe eine Radtour gemacht."

„Allein?"

„Ja, aber was hat das alles zu bedeuten?"

„Kennen Sie einen Martin Kramfeld?"

Flüchtig tauchte sein Gesicht vor meinem inneren Auge auf.

Mein Gegenüber beugte sich interessiert vor. Er zog eine Augenbraue nach oben, während er mich eingehend musterte.

„Ja ... Wir sind uns auf einer Party begegnet. Was ist mit ihm?"

„Wo hat diese Party stattgefunden?"

„Bei einem Bekannten, Tobias Katzlowski."

Die beiden Männer tauschten einen Blick. Mein Gesprächspartner nickte, und der andere verließ den Raum.

„Wie gut kennen Sie Herrn Kramfeld?"

„Ich kenne ihn nicht näher. Wir sind uns vorgestellt worden, er hat mein Fahrrad repariert, weil Herr Katzlowski ihn darum gebeten hatte."

„Dann ist er also handwerklich geschickt?"

„Mein Rad war jedenfalls danach wieder fahrtüchtig, mehr kann ich dazu nicht sagen."

„Ihr gemeinsamer Bekannter heißt also ...", sagte er und warf einen kurzen Blick auf seine Notizen, „Tobias Katzlowski. Woher stammt diese Bekanntschaft?"

„Sein Hund hat mich nach meinem ersten Arbeitstag hier angesprungen. Ich bin gestürzt und dabei wurde mein Rad beschädigt. Herr Katzlowski hat mir geholfen."

„Also kennen Sie ihn seit März?"

Während ich nickte, wurde mir bewusst, dass mein Gegenüber mehr von mir zu wissen schien, als ich ihm erzählt hatte.

„Was wissen Sie über die Produktion in Sektor 23?"

Verwirrt blickte ich ihn an.

„Ich müsste erst nachschauen, wo Sektor 23 ist, das heißt ... Die Arbeiter aus diesem Sektor bekommen Gefahrenzulage, aber weshalb genau, das weiß ich nicht. Ich bin stellvertretende Gruppenleiterin der Entgeltstelle. Mit der Produktion habe ich nichts zu tun."

„Und gestern waren Sie mit dem Rad unterwegs. Wo denn?"

Verwirrt über den Themenwechsel, brauchte ich einen Moment, um ihm zu folgen.

„Ich bin hinaus nach Coerde gefahren, zu den Rieselfeldern."

„Eine lange Strecke für eine Frau, so ganz allein."

„Ich fahre jeden Tag mit dem Rad vom Mauritzviertel hierher zu meinem Arbeitsplatz. Eine gemütliche Tour zu den Rieselfeldern ist da keine Herausforderung."

„Also sind Sie gestern angeblich in die exakt entgegengesetzte Richtung gefahren im Vergleich zu der, die Sie sonst einschlagen?"

„Ich mache oft sonntags Radtouren. Aber würden Sie mit bitte erklären, was das alles zu bedeuten hat?"

„Herr Kramfeld ist tot."

Einen Moment schauten wir uns schweigend in die Augen.

Martin? Wieder tauchte sein Bild in meinen Gedanken auf, wie er auf der Party mit mir gesprochen hatte. Ich schüttelte den Kopf, langsam, weigerte mich zu glauben, was ich gerade gehört hatte, aber hier würde wohl niemand scherzen. Ich hatte ihn nicht gut gekannt, aber geschockt war ich trotzdem. Tobias und er schienen eng befreundet gewesen zu sein. Wie würde es ihm damit gehen? Ich schluckte die Tränen, die aufsteigen wollten, hinunter.

Noch immer verstand ich nicht, was das alles mit mir zu tun hatte.

„Und ...?", setze ich an.

„Sie scheinen nicht besonders beeindruckt zu sein."

„Ich kannte ihn kaum und frage mich immer noch, warum ich hier sitze."

„Frau Feder, es gibt noch weitere Details, die wir besprechen müssen. Aber das werden wir nicht hier tun. Bitte begleiten Sie uns."

„Nein."

„Wie bitte?"

„Ihre Kollegen fangen mich am Tor ab und bringen mich hierher. Noch immer weiß ich nicht, was Sie von mir wollen. Bin ich etwa verhaftet?"

„Wenn Sie es so wollen: Es besteht der hinreichende Tatverdacht der Beihilfe."

„Wobei soll ich geholfen haben?"

„Das sollten Sie ja wohl am besten wissen, nicht wahr?"

In diesem Moment waren die beiden uniformierten Beamten wieder da.

„Bringt sie zum Einsatzzentrum." An mich gewandt, fügte er noch hinzu: „Alles, was Sie zur Aufklärung beitragen können, wird auch Ihnen selbst nutzen."

Verwirrt stand ich auf und begleitete die Polizisten, wieder vorbei an den Kollegen, die, wie es schien, heute nicht arbeiteten, sondern nur beobachteten, was auf dem Gelände vorging.

Durch ein Fenster erhaschte ich einen Blick auf die Werksfeuerwehr, die im Hintergrund ihre Ausrüstung aufgefahren hatte. Dazwischen waren Männer in Schutzkleidung zu sehen, aber bevor ich Genaueres erkennen konnte, waren wir im Treppenhaus angekommen.

Niemand sagte etwas, während wir in den Wagen einstiegen und das Polizeiauto aus dem Werksgelände nach links abbog. Nach kurzer Fahrt, baten sie mich, vor der Führungsakademie der Polizei auszusteigen. Im Keller des Gebäudes befanden sich kleine, kahle Räume, und in einem davon wurde ich allein zurückgelassen. Am Tisch standen insgesamt drei Stühle älteren Datums, mir gegenüber war ein Spiegel zu sehen. Wie im Krimi, schoss es mir durch den Kopf.

Während ich wartete, versuchte ich, Ordnung in meine Gedanken zu bringen. Gesprächsfetzen geisterten durch meine Erinnerung. *Alles, was Sie zur Aufklärung beitragen können, wird auch Ihnen selbst nutzen.* Was zum Teufel sollte denn aufgeklärt werden, und was hatte ich damit zu tun? Jetzt schien es mir, als hätten die Polizisten am Werkstor auf mich gewartet. Sie mussten einen Verdacht gehabt haben ... Aber welchen?

Martin war tot.

Schade, er war ein netter Kerl gewesen, soweit ich das beurteilen konnte. Ob Tobias Näheres wusste? Durfte ich hier telefonieren? Meinen Rucksack und mein Handy hatte ich noch. Niemand hatte danach gefragt. Nur meinen Betriebsausweis hatten mir die Polizisten abgenommen.

Noch in Gedanken kramte ich nach meinem Smartphone. Nach dem Entsperren blieb ich an den News auf dem Display hängen: `Anschlag auf ein Chemiewerk verhindert`, las ich da. Kurzentschlossen lud ich mir die komplette Nachricht herunter:

Breaking News: `Wie soeben bekannt wurde, konnte heute Morgen ein Anschlag auf den Münsteraner Standort von Chem-Industries verhindert werden ...`

Bevor ich weiterlesen konnte, wurde mir das Handy aus der Hand genommen. Erschrocken blickte ich auf und sah direkt in die aufmerksamen Augen einer Frau. Ihr angespanntes Gesicht war dem Gerät zugewandt, während sie es mit spitzen Fingern hielt, um es anschließend in eine Tüte fallen zu lassen, die ein Kollege ihr hinhielt.

„Frau Feder? Ich bin Emely Roth vom BKA." Ihren Begleiter stellte sie nicht vor. Er ging mit meinem Smartphone gerade durch die Tür, als sie sich mir gegenüber hinsetzte.

„Dürfen Sie das eigentlich?"

„Was? Ihr Handy untersuchen? Bei Verdacht auf Zugehörigkeit zu einer terroristischen Zelle, ja."

Lächelnd musterte sie mein Gesicht. Was auch immer sie da sah, schien sie zu belustigen.

Ich wusste, dass ich nicht in der Lage war, ein Pokerface aufzusetzen. Das hatte ich leider noch nie gekonnt. Also würde sie wohl genau sehen, wie es in mir aussah. Die Wut, ungerecht behandelt zu werden. Die Unsicherheit darüber, was sie von mir wollte und die Angst, hier in eine Situation geraten zu sein, mit der ich nichts zu tun haben wollte und tatsächlich nichts zu tun hatte.

„Fangen wir von vorn an: Sie arbeiten seit März bei Chem-Industries in Münster?"

Als ich nickte, fragte sie weiter: „Warum haben Sie in Leverkusen gekündigt?"

„Ich habe hier studiert. Nicht weit entfernt, in Greven, lebt meine Familie. Ich mochte die Stadt immer schon und wollte wieder hier leben." Bis heute Morgen zumindest, schoss es mir durch den Kopf. Aber woher wusste sie, dass ich in Leverkusen gearbeitet hatte?

„Und an Ihrem ersten Arbeitstag hier haben Sie Tobias Katzlowski kennengelernt?"

„Ja." Ich fühlte den Drang, ihn zu verteidigen, aber kannte ich ihn wirklich gut genug, um mich hier für ihn ins Zeug zu legen? „Sein Hund hat mich am Kanal angesprungen und einen Unfall verursacht. Herr Katzlowski hat meine Schürfwunden verbunden und mein Rad gerichtet, das heißt, er hat einen Bekannten darum gebeten."

„Martin Kramfeld."

„Ja ... Hat Martin etwas mit der Sache im Chemiewerk zu tun?"

„Wir ermitteln noch."

„Ist er auf dem Gelände gestorben? Ich wusste nicht, dass er auch bei Chem-Industries gearbeitet hat."

„Das hat er auch nicht. Er ist am Kanal aufgefunden worden."

„Dann bedeutete die Absperrung ..."

„Wir sichern den Fundort, bis klar ist, ob es sich um einen Unfall oder ein Gewaltverbrechen handelt."

Wieder beobachtete sie mich. „Wo waren Sie gestern Nachmittag?"

„Ich habe eine Radtour durch die Rieselfelder gemacht." Auf ihren fragenden Blick fügte ich noch „Coerde - ein nördlicher Stadtteil", hinzu.

„Laut der Aufzeichnungen waren Sie gestern mehrfach in der Firma." Wieder musterten mich ihre stahlblauen Augen. „Nach den ersten Ermittlungen wurden in der fraglichen Zeit Sprengladungen in Sektor 23 installiert."

„Nein, ich war gestern nicht einmal in der Nähe von Hiltrup!"

Ob sie mir glaubte? Natürlich nicht, mahnte eine leise Stimme in mir. Es ist ihr Job, solche Angaben anzuzweifeln.

Unruhig überlegte ich, ob ich von meiner Tour nach Coerde ein Detail benennen konnte, das mir Glaubwürdigkeit verschaffen konnte. Wenn ich mit dem Auto gefahren wäre ... Im Krimi halfen den unschuldig Verdächtigten manchmal eine rote Ampel oder eine Geschwindigkeitsübertretung.

Dann fiel es mir ein: „Ich bin in Coerde dem Prokuristen der Firma begegnet. Herr Mölljans saß mit seinen Kindern in der Eisdiele, und wir haben kurz miteinander gesprochen. Er kann bestätigen, dass ich gestern in Coerde war. Das muss etwa um 16 Uhr gewesen sein."

Erleichtert lehnte ich mich zurück. War die Sache damit erledigt? War der Verdacht gegen mich vom Tisch?

„Wir werden das überprüfen." Kühl musterte sie mich noch einmal und verließ den Raum.

Durch die offene Tür erhaschte ich einen Blick auf Tobias. Er wurde gerade in den Nachbarraum geführt. Hatte er etwas mit dem Anschlag zu tun? Hatte er mich womöglich nur angesprochen, um über mich an die Zugangskarte zu kommen? Mühsam versuchte ich zu erfassen, was mir hier gerade passierte. Vollkommen durcheinander und tief in Gedanken versunken, blieb ich allein zurück. Ohne mein Handy wusste ich nicht, wie viel Zeit vergangen war, als Frau Roth zurückkam.

„Wir haben Ihre Aussage überprüft. Herr Mölljans bestätigt, Sie in Coerde getroffen zu haben. Ihr Handy bleibt zur Untersuchung einbehalten, und Sie sind bis auf Weiteres vom Dienst suspendiert."

„Wie bitte?" Meine Fassungslosigkeit über das Verhör schlug nun endgültig in Wut um.

„Herr Mölljans lässt Ihnen das ausrichten. Er wird Sie noch zu Hause anrufen im Laufe des Abends."

„Aber ich habe mir nichts zu Schulden kommen lassen!" Hilflosigkeit mischte sich unter die Wut und trieb mir die Tränen in die Augen.

„Das mag sein und wird sich herausstellen. Bis dahin können Sie nach Hause gehen. Bitte halten Sie sich zur Verfügung, sollten wir noch Fragen haben."

Mit diesen Worten war ich entlassen. Auf dem Weg nach draußen sah ich noch, wie Tobias abgeführt wurde. Hatte er meine Karte genommen? Verdammt, ich mochte ihn, das wurde mir plötzlich eindringlich bewusst. Er ... ein Terrorist?

Tobias?

Wieder vor dem Gebäude angekommen, fiel mir ein, dass mein Fahrrad noch auf dem Firmenparkplatz stand.

Toller Service, her wird man gefahren, ob man will oder nicht, zurück darf man laufen, schoss es mir durch den Kopf.

Seufzend machte ich mich auf den Weg. Nach den knapp zwei Kilometern war die schlimmste Unruhe vergangen, aber beim Anblick des Aufgebots an Polizei und Werksfeuerwehr auf dem Gelände überkam mich Angst. Möglichst unauffällig ging ich zu meinem Rad, schloss es auf und fuhr los, über die Marktallee in Richtung Hohe Geest, weil ich zumindest am Kanal nicht noch einmal auf die Polizei treffen mochte.

Nach fünf Ampeln reichte es mir, und ich bog doch wieder nach rechts in Richtung Kanal ab.

Dass dies keine gute Wahl gewesen war, merke ich, als ich kurze Zeit später an einer der Hundewiesen von einem braunen Labrador angesprungen wurde.

Nach dem ersten Schreck bremste ich und begrüßte den Hund: „Trüffel, was machst du denn hier?" Mühsam hielt ich ihn davon ab, mich zusammen mit meinem Rad umzuwerfen, während ich gleichzeitig Ausschau nach dem zugehörigen Menschen hielt.

Gerade kam ein Bekannter von Tobias hinter der Hecke hervorgelaufen. „Trüffel! Wo bist du?"

Wie sinnvoll, einen Hund zu fragen, wo er ist, dachte ich, und hielt Trüffel fest.

Wir kannten uns flüchtig von der Party bei Tobias. Ich versuchte mich an seinen Namen zu erinnern, vergeblich.

„Hallo Sandra!" Tja, er kannte meinen Namen.

„Hallo." Hatte das gerade wirklich so zugeknöpft geklungen?

Mein Gegenüber hob erstaunt den Kopf und musterte mich eingehend.

„Was ist los mit dir? Ich habe dich eindeutig lockerer in Erinnerung."

„Wie kommt's, dass du mit Trüffel unterwegs bist?"

„Tobias rief vorhin an. Er hat einen Termin und kann nicht weg. Deshalb hat er mich gebeten, Trüffel auszuführen."

Einen Termin, soso. Misstrauisch musterte ich das Gesicht, das mir inzwischen genau so misstrauisch entgegenschaute.

„Weißt du, warum Tobias nicht hier sein kann? Sonst lässt er seinen Hund nie so lange allein."

Ausweichend murmelte ich etwas von: „Soll Tobias selbst erklären", und fügte hinzu: „Ich muss los."

Bedauernd schob ich den Labrador von mir weg und auf seinen Begleiter zu ... Der Name war mir immer noch nicht eingefallen.

„Tschüss!"

„Bis neulich", hörte ich ihn noch hinter mir, als ich fest in die Pedale trat.

Zu Hause angekommen, war ich froh, niemandem im Treppenhaus zu begegnen. Mein freundlicher Vermieter hätte sonst bestimmt besorgt nachgefragt, warum ich nicht bei der Arbeit war.

In der Wohnung trabte ich unruhig auf und ab. Vergeblich versuchte ich, Ordnung in meine rasenden Gedanken zu bringen.

Als das Telefon klingelte, zuckte ich zusammen und starrte einen Moment auf das Gerät, bevor ich den Hörer in die Hand nahm.

„Sandra Feder."

„Hans Mölljans hier. Frau Feder, im Interesse unseres Unternehmens sind Sie bis auf Weiteres freigestellt. Je nach Ausgang der Untersuchungen werden wir über die Vergütung während Ihrer Freistellung entscheiden. Sollte an den Anschuldigungen etwas dran sein, werden Sie natürlich fristlos entlassen."

Fassungslos hielt ich den Hörer in der Hand.

„Herr Mölljans, entschuldigen Sie bitte, wir haben uns gestern in Coerde getroffen. Ich weiß noch nicht einmal, was genau geschehen ist. Bitte glauben Sie mir, ich habe nichts damit zu tun!"

„Auch wenn Sie gestern nachweislich in Coerde und nicht in Hiltrup waren, muss noch geklärt werden, ob Sie den Firmenausweis wissentlich weitergegeben oder aus Fahrlässigkeit dafür gesorgt haben, dass die Täter Zugang zum Firmengelände bekamen. Aber diese Ermittlungen wird das BKA führen. Guten Abend."

Fassungslos stand ich da, hörte das Knacken in der Leitung und legte schließlich den Hörer aus der Hand. Fahrlässigkeit? Nachdenklich setzte ich mich an den Esstisch. Wann hätte jemand Gelegenheit gehabt, an meine Karte zu kommen? Ich hatte sie immer im Portemonnaie bei mir getragen, in meinem Rucksack.

Wieder zuckte ich zusammen, als die Türglocke schellte. Mit gerunzelter Stirn stand ich auf und ging zur Gegensprechanlage.

„Ja?"

„Ich bin's, Tobias. Kann ich kurz raufkommen?"

Ausgerechnet. Panik stieg in mir hoch. Nein, mit ihm wollte ich nicht in Verbindung gebracht werden. Auf keinen Fall.

„Nein, mir geht's nicht so gut. Vielleicht ein andermal."

Das war also eine der 200 Lügen, die jedem von uns jeden Tag so leicht über die Lippen kommen, ging mir die amerikanische Studie durch den Kopf, die ich kürzlich gelesen hatte.

Den Hörer hatte ich aufgelegt. So hatte Tobias keine Chance, etwas zu entgegnen, zumindest würde ich es nicht hören.

Ich ging durch das dunkle Schlafzimmer zum Fenster, um auf die Straße zu sehen. Tobias klingelte noch einmal, was ich ignorierte. Mein Herz klopfte heftig, während ich beobachtete, wie er langsam durch den Vorgarten zur Straße zurückging. Trüffel schnupperte an der Buchsbaumhecke und blickte am Haus hoch. Erschrocken wich ich zwei Schritte zurück und schlug mir dann beide Hände vor den Mund, um nicht hysterisch aufzuschreien. Selbst wenn der Hund mich wahrgenommen hätte, hätte er niemandem von meiner Lüge gerade berichten können. Mühsam atmete ich mit zusammengekniffenen Augen einige Male tief durch.

Die Verbindung zwischen Tobias und mir sah das BKA ja ohnehin. Plötzlich kam es mir dumm vor, Tobias abgewiesen zu haben. Ich hatte die Chance vertan, mit ihm zu reden.

Noch ein Mal ließ ich meinen Blick über die beleuchtete Straße schweifen. Niemand hielt sich mehr draußen auf.

Wieder versuchte ich, Ordnung in meine Gedanken zu bringen. Alles endete immer wieder bei der Frage, wie Tobias in die ganze Sache verstrickt war. Hatte er den Kontakt zu mir bewusst gesucht und diese Verbindung anschließend ausgenutzt?

Frustriert rieb ich mir über die schmerzenden Schläfen.

Vielleicht sollte ich schlafen gehen.

Ich schminkte mich ab und gönnte mir noch eine Gesichtsbehandlung. Das Peeling lenkte meine Aufmerksamkeit wohltuend auf das Nächstliegende, nach einigen Händen voll kaltem Wasser fühlte ich mich erfrischt und müde zugleich.

In meiner Flanell-Pyjamahose und einem Langarmshirt holte ich mir noch eine Flasche Wasser aus dem Abstellraum gegenüber der Wohnungstür und schloss ab.

Während ich trank, ging ich die paar Schritte ins Schlafzimmer. Die Laterne vor dem Haus beleuchtete das Zimmer ausreichend, sodass ich kein zusätzliches Licht brauchte. Wie immer ließ ich die Rollläden geöffnet und legte mich auf meinen Futon.

Wie hätte Tobias an meinem ersten Tag wissen sollen, dass ich in Hiltrup arbeitete? Mit dem Gedanken daran, wie er mich umsorgt hatte, schlief ich ein.

Als der Radiowecker loslegte, brauchte ich einen Moment, um meine Gedanken zu sortieren. Nein ich hatte heute nicht meinen ersten Arbeitstag in Münster, ich hatte heute … frei. Mist, ich hatte vergessen, den Wecker abzuschalten. Wenn ich schon freigestellt war, hätte ich ja wenigstens ausschlafen können. Aber jetzt war ich wach und ärgerte mich. Untätig herumzuliegen, steigerte meine Unruhe. Eigentlich liebte ich es, im Bett zu dösen, zu lesen, einfach nicht aufzustehen, wenn ich nicht musste, aber heute war alles anders.

Nur kurze Zeit später stand ich auf. Während ich Tee kochte, merkte ich, dass meine Anspannung stieg. Was sollte ich mit diesem Tag anfangen? Ich beschloss, meine Wohnung auf Vordermann zu bringen. Eigentlich hatte ich das schon länger vorgehabt, und heute konnte ich so zumindest äußerlich wieder Ordnung schaffen.

Also zog ich alte Sachen an und kramte die Putzsachen aus dem Abstellraum hervor. Mit dem Bad begann ich. Beim Schrubben der Fliesen, so hoffte ich, würde ich mich abreagieren können.

Vier Stunden später blinkte und blitzte es wie seit meinem Einzug nicht mehr. Ich war erschöpft, hatte Hunger, aber die erhoffte Zufriedenheit stellte sich nicht ein.

Da ich nichts zum Kochen im Haus hatte - normalerweise ging ich wochentags ja in die Kantine - warf ich einen kurzen, prüfenden Blick in den Spiegel. Konnte ich in diesem Aufzug einkaufen gehen?

Kurze Zeit später machte ich mich in Jeans und T-Shirt auf in den nahegelegenen Supermarkt. Unterwegs überlegte ich, ob ich mir etwas gönnen oder lieber der schnellen Küche den Vorzug geben sollte. Im Laden fiel die Entscheidung, etwas Schnelles, aber Edles zu kochen: Brokkoli-Cremesuppe mit Scampi-Spieß.

Eine knappe Stunde später saß ich mit einer Scheibe von meinem köstlichen Vollkornbrot und der Suppenschale am Tisch und grübelte, wie ich den Nachmittag verbringen sollte.

Da mir die Bewegung gut getan hatte, entschloss ich mich zu einem langen Spaziergang. Aber als ich in der Tür stand, die Jacke bereits angezogen, fiel mir ein, dass ich für weitere Fragen bereitstehen sollte. Außerdem hatte die Polizei noch mein Handy. Wie lange dauerte so eine kriminaltechnische Überprüfung? Beim Nachdenken ging mir außerdem auf, dass ich immer noch nicht genau wusste, was gestern eigentlich passiert war. Also schloss ich die Tür wieder und schaltete mein Laptop an. Während es hochfuhr, hängte ich meine Jacke an die Garderobe. Dann schaute ich bei den örtlichen Zeitungen nach Berichten über den gestrigen Tag.

Anschlag vereitelt

Münster-Hiltrup. Wie die Polizei mitteilte, konnte gestern ein Anschlag auf die Produktionsstätten von Chem-Industries verhindert werden. Mehrere Sprengsätze waren gefunden und rechtzeitig entschärft worden, eine Gefahr für die Anwohner bestand nicht. Zum Stand der laufenden Ermittlungen wollten die Verantwortlichen keine Angaben machen.

Wie aus dem Umfeld der Ermittlungen zu vernehmen war, soll eine Angestellte der Firma den Tätern Zugang verschafft haben. Wie viele Personen der Täterkreis umfasst, ist noch unbekannt ...

Der Text verschwamm vor meinen Augen. „Eine Angestellte", dieser Wortlaut wiederholte sich gebetsmühlenhaft in meinem Hirn. Wann und vor allem wie war mein Betriebsausweis in die Hände dieser Schweine gelangt?

Für gewöhnlich ließ ich meinen Rucksack mit meinem Portemonnaie nie aus den Augen. Es sei denn, ich war bei Leuten zu Gast, denen ich vertraute, vertraut hatte, korrigierte ich mich insgeheim.

Also, wann konnte es passiert sein? Von Bankkarten, so hatte ich mal gehört, ließ sich in kurzer Zeit ein Zwilling anfertigen. Die Technik mit dem Magnetstreifen war zumindest ähnlich, wenn nicht sogar identisch, wobei ich technisch nicht besonders bewandert war. Blieb immer noch die Frage, wann es geschehen war.

Was hatte ich in der letzten Zeit gemacht? Der Terminkalender konnte mir helfen. Ich war schon halb aufgestanden, als mir wieder einfiel, dass mein

Smartphone noch bei der Polizei war. Irgendwer las jetzt meine Termine, wertete meine Kontakte aus, meine gespeicherten SMS. Mir wurde schlecht.

Während ich in die Küche ging, um mir einen Tee aufzugießen, überlegte ich verzweifelt, was alles auf meinem Handy gespeichert war. Gab es irgendwelche Einträge, die mich verdächtig machten?

Niemals hatte ich mir Gedanken darüber gemacht, was ich in mein Handy einspeicherte, niemals meine Kontakte aufgeräumt. Selbst die Nummern aus Leverkusen waren alle noch im Speicher.

Etwas verwundert bemerkte ich einen diffusen Schmerz, ein Unbehagen, das nur von dem Gedanken an mein Smartphone herrühren konnte. Wenn andere über ihr Handy als unverzichtbaren Körperteil sprachen, hatte ich kein Verständnis dafür gehabt. Ich hatte mich immer für unabhängig von diesem Gerät gehalten. Fühlte ich mich so schlecht, weil es weg war oder weil jemand, den ich nicht kannte, nun über all die gespeicherten Informationen verfügen konnte?

Ich versuchte, den Gedanken wegzuschieben, und setzte mich mit dem Tee wieder an den Rechner. Unter „Lokales" fand ich auf der Zeitungsseite noch den Hinweis, dass ein Mann im Kanal ertrunken war. Nur eine kurze Notiz, kein Namen, keine Hintergründe. Wieder tauchte das Bild von Martin in meinem Kopf auf, wie er mich frech grinsend gemustert hatte und so herrlich unkompliziert über Tobias und mich gesprochen hatte. Ich schloss meine brennenden Augen und schluckte den Kloß in meinem Hals hinunter.

Auch die weiteren Recherchen brachten keine neuen Informationen.

Frustriert schaltete ich das Laptop aus.

Der Blick auf die Uhr zeigte mir, dass es schon fünf Uhr war. Jetzt würde wohl kein Polizist mehr etwas von mir wollen. Dies hier war das echte Leben, kein Krimi mit privat unglücklichen Ermittlern, die sich aus lauter Verzweiflung in ihre Arbeit stürzten.

Also nahm ich die Jacke vom Haken, griff nach meinem Rucksack und war draußen, bevor ich es mir anders überlegen konnte.

Am Kanal angekommen, beschloss ich sicherheitshalber, doch geradeaus weiter in Richtung Maikotten zu wandern. Tobias mochte ich jetzt auf keinen Fall begegnen. Immer noch schwankte ich zwischen der Sympathie für ihn, die mich durch dieses wunderbare Frühjahr begleitet hatte, und dem Ärger darüber, dass er mich womöglich in diese ganze Geschichte hineingezogen hatte.

Die vielen Menschen, die nach Feierabend hier unterwegs waren, bemerkte ich nur am Rande. Regelmäßig wich ich Joggern und Radfahrern aus, ohne wirklich hinzuschauen. Ich war schon wieder am Kanal, als plötzlich Tobias vor mir stand.

„Hallo Sandra."

„Hallo." Ich hatte keine Lust, mit ihm zu reden, wollte ihn nicht sehen.

„Ich habe versucht, dich anzurufen."

„Mein Handy liegt bei der Polizei." *Dank dir*, fügte ich in Gedanken hinzu.

Tobias hob mit erstauntem Gesichtsausdruck den Kopf.

„Warum das denn?"

„Das fragst ausgerechnet du?!"

Aus dem Erstaunen wurde Stirnrunzeln.

„Stefan hat mir erzählt, dass er dich am Kanal getroffen hat und dass du mies drauf warst. Deshalb war ich gestern noch bei dir. Ich wollte wissen, was los ist."

Wusste er es wirklich nicht? Seine braunen Augen wirkten arglos, und meine Wut auf ihn wuchs. Hatte er gerade gekonnt von sich abgelenkt?

„Du möchtest wissen, was los ist." Sein Nicken wartete ich noch ab und legte dann los: „Wegen dir bin ich vom Dienst freigestellt, es laufen Ermittlungen, deswegen ist mein Handy weg, ich werde langsam wahnsinnig zu Hause, verstecke mich vor der Welt und überlege verzweifelt, wie ich beweisen kann, dass ich mit der ganzen Scheiße nichts zu tun habe!"

Während ich langsam in Fahrt kam, wurde sein Gesichtsausdruck immer verwirrter. Kopfschüttelnd hob er die Schultern. „Wovon redest du?"

Fassungslos starrte ich ihn an. Das konnte nicht sein Ernst sein.

„Gestern Morgen bin ich wie immer zur Arbeit gefahren. Als Erstes war der Kanal gesperrt." Befriedigt sah ich, wie er eine Spur blasser wurde. „Und im Werk haben sie mich nach dem Tor direkt abgefangen. Sie wollten wissen, woher ich dich und Martin kenne. Da du auch bei der Polizei warst, weißt du ja, worum es ging."

„Ja, sie haben mich zu Martins Tod befragt ..." Er schluckte hart, fuhr aber fort. „... und wollten wissen, wo ich am Sonntag war. Dass ich mit Trüffel einen langen Spaziergang gemacht habe, haben sie mir nicht geglaubt und mich bis zum Abend festgehalten. Sie haben auch mein Haus durchsucht. Aber was hast du damit zu tun? Du kanntest Martin doch kaum."

„Ich arbeite im Chemiewerk. Mit *meinem* Betriebsausweis haben sich die Schweine am Sonntag Zugang zum Gelände verschafft, um ... was auch immer mit Sprengladungen in einem Hochsicherheitstrakt anzustellen. Die Polizei glaubt, ich gehöre zu diesen Terroristen oder hätte ihnen zumindest geholfen."

Tobias starrte mich mit offenem Mund an. Ungläubig kniff er die Augen zusammen, während er langsam den Kopf schüttelte.

„Das ist doch absurd."

„Schön, dass du das auch so siehst. Damit wären wir dann zwei, die dieser Meinung sind. Bis die Polizei sich dieser Sicht anschließt, bin ich suspendiert." Ich erkannte meine Stimme kaum wieder, sarkastisch und bitter klangen die Worte in meinen Ohren.

„Kann ich irgendwas für dich tun?" In einer fast schüchternen Geste streckte er mir seine Hand entgegen.

„Du könntest mich in Ruhe lassen! Sprich mich nicht an, halte dich von mir fern!"

Seine Hand sank kraftlos herab, während er mich mit gerunzelter Stirn anschaute.

Ich schob Trüffel, der schwanzwedelnd zwischen uns stand, sachte aus dem Weg und ging an Tobias vorbei. Ohne mich noch einmal umzudrehen, beschleunigte ich meine Schritte. Aufgewühlt drängte ich die Tränen zurück, die mir in die Augen steigen wollten. Hier draußen wollte ich auf keinen Fall weinen. Wie ich nach Hause gekommen war, wusste ich nicht so genau, aber ich war zutiefst erleichtert, als die Wohnungstür hinter mir ins Schloss fiel, ohne dass ich noch jemandem begegnet war, der mich kannte.

Aufschluchzend lehnte ich mich gegen die Tür. Ein Teil von mir wunderte sich, warum ich hier stand und mir die Tränen über das Gesicht liefen, ein anderer Teil erklärte nüchtern, dass auf diese Weise der Stress abgebaut wurde, den ich mir zuvor nicht eingestanden hatte. Ich fühlte mich miserabel.

Fest entschlossen, mir zur Beruhigung einen Tee zu machen, nahm ich mir auf dem Weg in die Küche noch ein Paket Taschentücher aus dem Schränkchen im Flur. Kaum hatte ich den Wasserkocher eingeschaltet, klingelte mein Telefon. Mit einem tiefen Durchatmen griff ich nach dem Hörer und sah die Nummer meiner Schwester auf dem Display.

„Hey, Ela."

„Hallo, Sandra, was ist denn bei euch im Werk los? Einerseits sind die Nachrichten voll davon, aber echte Informationen gibt's keine."

Na prima. Kurz überlegte ich, ob ich mit der Wahrheit herausrücken sollte, aber wem, wenn nicht ihr, konnte ich es erzählen?

„Versprichst du mir, den Eltern nichts zu sagen?"

„Was denn, hast du die Bombe gelegt?"

Ihr Einwurf entlockte mir nur ein Schnauben.

„Das war ein Scherz! Was ist denn los?"

Ich erzählte ihr, was ich wusste und was ich in den letzten Tagen durchgemacht hatte. „Die Polizei verdächtigt mich, etwas damit zu tun zu haben."

Schweigen am anderen Ende der Leitung.

„Ela?"

„Die Polizei hat dich verhört?"

„Ja, angeblich gibt es einen hinreichenden Tatverdacht, mein Handy haben sie behalten und auch meinen Betriebsausweis."

„Und wie geht es weiter?"

„Naja, heute habe ich meine Wohnung geputzt, bin spazieren gegangen - und habe keine Ahnung, was morgen sein wird."

„Was hätte schlimmstenfalls passieren können?"

„Genaues weiß ich nicht, aber die Sprengladungen, die gefunden wurden, waren in einem Produktionsbereich versteckt, in dem die Arbeiter Gefahrenzulage bekommen. Du weißt, ich bin kein Chemiker, aber ich kann mir schon vorstellen, dass eine Explosion oder ein Brand die Luft schwer verpesten würde. Wenn Leitungen sabotiert würden und die zugehörigen Sicherungen, könnte das Grundwasser in Gefahr geraten. Von den Arbeitern ganz zu schweigen."

„Und mit deiner Karte ...?"

„Laut Computeraufzeichnung war ich am Sonntag zur fraglichen Zeit im Werk. Glücklicherweise habe ich einen glaubwürdigen Zeugen, der bestätigen konnte, dass ich nicht in Hiltrup, sondern in Coerde war."

Wir fachsimpelten noch eine Weile, und das sachliche Gespräch ließ mich wieder ruhiger werden. Nach einer Weile wendeten wir uns anderen Dingen zu.

„Was macht eigentlich dein süßer Saxophonist?"

„Tobias? Hör' mir auf!"

„Huch, was war denn?"

„Er ist die Verbindung zu den Terroristen."

Schweigen.

Jetzt, wo ich es ausgesprochen hatte, kam es mir selbst absurd vor. Hatte ich das wirklich gerade gesagt? Meinte ich das ernst?

„Tobias soll ein Terrorist sein?" Meine Schwester klang so fassungslos, wie ich mich gerade fühlte.

„Ich habe keine Ahnung. Er war auch bei der Polizei, als ich verhört wurde, und sein Haus wurde durchsucht ..." Müde ließ ich mich auf den Stuhl sinken und wischte mir die Tränen aus den Augen. Plötzlich erinnerte ich mich an Tobias' blasses Gesicht, als er gesagt hatte, Martin sei tot. Dann musste ich an Martins Gesicht denken, als er mir damals das Rad gebracht hatte. Er hatte fest daran geglaubt, dass das zwischen Tobias und mir etwas ganz Besonderes sei.

Als Ela schließlich auflegte, schluchzte ich hemmungslos. Verzweifelt bemerkte ich, dass sich meine Gedanken wieder im Kreis drehten. Immer wieder sah ich Tobias' Augen in dem Moment vor mir, als ich ihn vorhin von mir gestoßen hatte. Wie ein verwundetes Tier hatte er mich angeschaut.

Mit Kopfschmerzen und verstopfter Nase legte ich mich schließlich schlafen.

Am nächsten Morgen, dieses Mal hatte ich den Wecker ausgeschaltet, wurde ich gegen sieben Uhr wach. Irgendetwas hatte mich irritiert und ließ mich nun hellwach im Bett liegen, ohne dass ich greifen konnte, was es war. An einen Traum konnte ich mich nicht erinnern.

Genervt stand ich schließlich auf und begab mich unter die Dusche.

Mit Tee und einer Schale Müsli saß ich eine halbe Stunde später am Tisch, als das Telefon klingelte.

„Hier spricht Emely Roth, vom BKA. Ich hätte noch ein paar Fragen an Sie. Können Sie gegen zehn zur Polizeiakademie nach Hiltrup kommen? Wo wir uns beim ersten Mal unterhalten haben."

Unterhalten, dachte ich, *dass ich nicht lache*. Aber natürlich würde ich kommen. Ob ich mein Handy zurückbekäme?

Ein Blick nach draußen ließ mich den Plan, mit dem Rad zu fahren, vergessen. Es regnete in Strömen.

Mit den öffentlichen Verkehrsmitteln würde ich etwas länger brauchen. Also beeilte ich mich mit dem Frühstück und machte mich auf den Weg.

Busfahrten mochte ich nicht gern. Dieses Wetter steigerte meine Motivation dabei auch nicht. Mit meinem tropfnassen Schirm, ich hatte eine Weile warten müssen, drängte ich mich in den vollen Bus. Die Luft war stickig und feucht, die Scheiben waren beschlagen, sofern man zwischen den Werbeplakaten überhaupt einen Blick nach draußen werfen konnte, war dies heute unmöglich. Da alle Radfahrer, so schien es mir, bei diesem Wetter auf den ÖPNV oder den eigenen Wagen umgestiegen waren, war die Innenstadt vollkommen verstopft. Mühsam bahnte sich der Bus den Weg. Der Anschluss war natürlich schon weg, also hieß es noch mal warten, bevor es mit dem nächsten überfüllten Wagen nach Hiltrup weiterging. Der kurze Fußweg von der Kirche in Hiltrup bis zur Polizeiakademie tat mir gut. Trotz der dicken Regentropfen, die auf meinen Schirm und meine Schuhe klatschten, genoss ich die frische Luft und die Bewegung.

Im Gebäude fragte ich mich zu Frau Roth durch und wurde in ein modernes Büro geführt. Ob das ein gutes Zeichen war?

„Guten Morgen, Frau Feder."

Sie begrüßte mich mit Handschlag und deutete auf den Stuhl in einer kleinen Sitzecke. Außer dem Schreibtisch, so entdeckte ich jetzt, gab es noch einen kleinen Konferenzbereich. Sechs Stühle standen dort um einen Tisch herum, auf dem mein Handy lag.

„Guten Morgen, danke." Ich setzte mich.

„Ich möchte gern noch einmal die Ereignisse des Sonntags sowie einige Detailfragen mit Ihnen durchgehen."

Als ich wortlos nickte, fuhr sie fort: „Können Sie bitte beschreiben, was Sie am Sonntag gemacht haben?"

Ein weiteres Mal schilderte ich, wann ich zu meiner Radtour aufgebrochen war und wann und wo ich Herrn Mölljans getroffen hatte. „Danach bin ich zurück zu meiner Wohnung im Mauritzviertel gefahren, wo ich gegen siebzehn Uhr eingetroffen bin. Im Hausflur ist mir noch mein Vermieter begegnet, Herr Pohlmann. Nach einem kurzen Gespräch mit ihm über die Radtour habe ich zu Abend gegessen und bin ins Bett gegangen."

„Wann war das?"

„Die Tagesschau habe ich noch geschaut und dann aufgeräumt ... also gegen 21:00 Uhr."

„Am nächsten Morgen sind sie zur Arbeit gefahren."

„Ja, ich stehe immer um sechs Uhr auf und fahre mit dem Rad. So auch am Montag. Wobei dann der Radweg am Kanal gesperrt war, weswegen ich einen Umweg machen musste und etwas später als sonst im Werk ankam."

„Und dann?"

„Kaum hatte ich das Werksgelände betreten, empfingen mich zwei Polizeibeamte und führten mich in das Besprechungszimmer in der Entgeltstelle. Nach einem kurzen Gespräch wurde ich dann hierher, oder sagen wir besser, in einen anderen Raum dieses Gebäudes gebracht."

Die Situation hatte etwas Surreales. Trotz meiner Unruhe und der Unsicherheit, was das Gespräch ergeben würde, erlaubte ich mir ein spöttisches Grinsen. Aber mein Gefühl hatte mich nicht getäuscht. Emely Roth erwiderte mein Grinsen.

„Inzwischen haben wir uns eingerichtet und haben den Raum auch für unsere Gespräche ein wenig komfortabler gestaltet."

Jetzt wagte ich mich weiter vor: „Ich gehe davon aus, dass Sie auf meinem Handy keine verdächtigen Hinweise gefunden haben?"

Das Grinsen verschwand und machte einem nachdenklichen Ausdruck Platz. Eine Weile schaute sie mir ruhig in die Augen, was ich ebenso ruhig aushielt. Dann nickte sie bedächtig.

„Der Speicher bestätigte das, was Sie zu Protokoll gegeben hatten, nämlich Ihren Kontakt zu Tobias Katzlowski."

Wieder schwieg sie und beobachtete mich. Anders als bei unserer letzten Begegnung fühlte ich mich heute sicherer und hielt auch dieses Mal ihrem Blick stand.

„Das heißt, ich bekomme es zurück?"

Sie nickte und deutete auf den Tisch. Ohne den Blick von ihr zu wenden, nahm ich mein Smartphone und steckte es ein.

„Den hier bekommen Sie auch zurück." Mit diesen Worten nahm sie meinen Werksausweis aus ihrer Jackett-Tasche und legte ihn zwischen uns.

„Haben Sie etwas darüber herausfinden können?"

„Nur das übliche Gewirr von Fingerabdrücken, wie sie bei häufigem Gebrauch typisch sind. Keine Spuren, dass die Karte abgewischt wurde, keine fremden Fingerabdrücke."

War das jetzt gut oder schlecht?

„Das heißt?"

„Dass wir Ihnen keine Beteiligung oder Begünstigung nachweisen können."

„Heißt das, ich darf jetzt wieder arbeiten?"

„Wie die Verantwortlichen bei Chem-Industries entscheiden werden, weiß ich nicht. Unseren vorläufigen Bericht zu Ihrer Person werden wir heute noch übermitteln."

Vorläufig also. Was hieß das nun wieder?

„Ich vermute, über den Stand der sonstigen Ermittlungen werden Sie sich nicht äußern?"

„Natürlich nicht."

Nun stieg wieder Unruhe in mir auf. Ich war genauso schlau wie vorher, und ob ich meinen Job wiederbekommen würde, wusste ich ebenfalls nicht. Einen Versuch startete ich dennoch.

„Hat Herr Katzlowski mit der Sache zu tun?"

„Darüber kann ich keine Auskunft geben."

Erst jetzt atmete ich aus, seit meiner Frage hatte ich unbewusst die Luft angehalten. Ob sie das bemerkt hatte?

„Wir wären dann fertig. Ich wünsche Ihnen noch einen guten Tag."

Etwas verdattert beobachtete ich, wie Frau Roth aufstand. Auch ich erhob mich, ergriff ihre ausgestreckte Hand und verabschiedete mich. Wieder draußen nahm ich erleichtert zur Kenntnis, dass der Regen aufgehört hatte. Kurz überlegte ich, zum Werk zu gehen, aber Herr Mölljans hatte gesagt, man würde sich bei mir melden. Also machte ich mich auf den Weg zur Bushaltestelle.

Statt am Bahnhof umzusteigen, beschloss ich, den Rest zu Fuß zu gehen. Auf dem Weg kaufte ich für das Mittagessen ein und ließ meinen Gedanken freien Lauf.

Der Verdacht, Tobias könnte mich hintergangen haben, erschien mir von Minute zu Minute absurder, aber ein kleines, hartnäckiges Fragezeichen blieb. Keine gute Voraussetzung für eine Beziehung, die ich mir vor wenigen Wochen noch so gut hatte vorstellen können. Trauer wallte in mir auf, und ich zwang mich, über die Zubereitung des Essens nachzudenken, um nicht in aller Öffentlichkeit in Tränen auszubrechen. Ich musste dringend etwas gegen diese Anspannung unternehmen.

Nachmittags kam der Anruf aus dem Werk. Die persönliche Sekretärin von Herrn Mölljans teilte mir mit, dass die Freistellung vorläufig aufgehoben sei. Ich solle mich morgen früh bei ihm im Büro melden, bevor ich wieder meine Arbeit antreten könne.

Alltag - oder doch nicht

Am nächsten Morgen radelte ich also wieder zur Arbeit. In Rekordzeit kam ich in Hiltrup an und stellte am Fahrradständer fest, dass ich zu früh war. Bei uns im Büro herrschte Gleitzeit, Herr Mölljans kam nie vor halb acht ins Büro.

Während ich noch überlegte, was ich in der Zwischenzeit machen sollte, akzeptierte das Lesegerät an der Drehtür meine Karte nicht. Verwirrt versuchte ich es ein zweites Mal, aber auch jetzt leuchtete das Lämpchen rot. Hinter mir räusperte sich jemand.

„Wenn Sie Ihre Karte beschädigt haben, müssen Sie sich beim Pförtner melden, damit Sie eine neue bekommen."

„Ja, natürlich." Mit einem gemurmelten Dank machte ich mich zum Haupttor auf.

Der Pförtner nahm meine Karte in Empfang. Wortlos ergriff er einen Umschlag auf seinem Schreibtisch und schob mir einen Werksausweis über den Tresen, wie ihn Praktikanten und Aushilfen bekamen, ohne Magnetstreifen.

„Ihre Karte wurde gesperrt. Vorläufig müssen Sie sich jeden Morgen und Mittag, sollten Sie das Gelände verlassen, bei mir oder meinen Kollegen melden. Bitte halten Sie auch Ihren Personalausweis bereit." Er sagte das ohne erkennbare Emotion in der Stimme. „Wenn Sie den Erhalt des neuen Ausweises bitte quittieren wollen ... und Ihren Personalausweis hätte ich gern noch gesehen."

Zutiefst verunsichert zeigte ich ihm meinen Perso. Dann nickte er mir zu und wünschte mir einen angenehmen Tag.

Inzwischen war zwar nicht mehr so viel Zeit übrig, bis Herr Mölljans da sein würde, aber ich ging trotzdem in die Teeküche und stellte den Wasserkocher an. Die Teekanne stand noch vom Vortag herum. Als ich die Kanne spülte, kam Andrea Vosskötter, eine der älteren Kolleginnen, herein.

„Ich hätte nicht gedacht, dich hier noch einmal zu sehen."

Konzentriert spülte ich weiter und achtete darauf, dass meine Hände nicht zitterten.

„Guten Morgen, Andrea. Weshalb dachtest du das?" Aus dem Augenwinkel beobachtete ich sie, während ich ihre Unterstellung schluckte und fast daran erstickte.

„Das weiß ja wohl niemand besser als du, nicht wahr?" Mit diesen Worten nahm sie mir die Kanne aus der Hand und drehte mir den Rücken zu. Sie kochte Tee, ohne mich weiter zu beachten.

Nachdem ich ihr eine Weile schweigend zugeschaut hatte, trocknete ich meine Hände ab und machte mich auf den Weg zum Büro des Prokuristen.

„Frau Feder, bitte nehmen Sie doch Platz." Herr Mölljans wies auf die Konferenzecke in seinem Büro. Seine Stimme klang freundlich, aber reserviert.

„Wir haben gestern den vorläufigen Bericht der Polizei erhalten." Er schaute mich an, wobei ich seinen Gesichtsausdruck nicht deuten konnte, nicht unfreundlich, aber auch nicht freundlich. Verbindlich.

„Ich will offen sein. Es gab Diskussionen, ob Sie noch tragbar sind und ob Sie für die offerierte Stelle als Leiterin der Abteilung überhaupt noch in Frage kommen. Da jedoch keine Beweise gegen Sie vorliegen, werden Sie vorläufig Ihren Dienst wieder aufnehmen. Bis die Nachfolge von Frau Lensing geregelt ist, werden die Ermittlungen hoffentlich abgeschlossen sein."

Dann war der Albtraum also noch nicht zu Ende.

„Das wäre es dann. Sie wissen ja, dass der Monatsabschluss ansteht. Die versäumten Tage müssen ebenfalls aufgearbeitet werden."

Ich bedankte mich und folgte seiner Aufforderung, das Zimmer zu verlassen.

In meinem Büro angekommen, versorgte ich zunächst meine Pflanzen, die nach dem Wochenende und der Zwangspause die Köpfe hängen ließen. Währenddessen ließ ich den Rechner hochfahren.

Nachdem ich die Gießkanne weggestellt hatte, gab ich mein Passwort in den Rechner ein.

Zugriff verweigert

Also noch eine Sicherheitsänderung.

Es dauerte einen Moment, bis ich mich so weit gefasst hatte, um den Flur zu überqueren und bei Frau Lensing nach meinem neuen Passwort zu fragen.

Leider war sie noch nicht in ihrem Büro, sondern saß noch mit den anderen Kolleginnen im Großraumbüro.

Noch einmal atmete ich tief durch, bevor ich die Klinke ergriff. Kopf hoch, Schultern runter, lächeln und Tür auf.

„Guten Morgen zusammen!" Ich gab mich betont forsch und blickte in die Runde. Die Gesichter waren mir zugewandt, aber die Mienen spiegelten von Interesse bis Herablassung verschiedenste Emotionen.

„Guten Morgen Frau Feder." Robert Held war der Erste, der mich begrüßte, und auch der Einzige, wie ich kurz darauf feststellen musste. Schweigen breitete sich aus. Ich wehrte mich gegen die Lähmung, die mich fesseln wollte, und wandte mich meiner Vorgesetzten zu.

„Frau Lensing, ich benötige das neue Passwort."

„Natürlich, wenn Sie kurz mitkommen wollen."

Ja, ich wollte mitkommen, raus aus dieser unfreundlichen Atmosphäre, weg von den Blicken, von denen ich mich durchbohrt fühlte.

Sie ließ mir den Vortritt in ihr Büro und schloss nachdrücklich die Tür hinter uns.

„Es gibt Vorbehalte gegen Ihren Wiedereinstieg." Frau Lensing schaute mich mitfühlend an. „Ich fürchte, die nächsten Tage werden nicht einfach werden. Die Gerüchteküche hat ein eindeutiges Urteil gesprochen, und Ihr Auftauchen hier stört zumindest zwei der Kolleginnen nebenan, die sich Hoffnungen auf Ihr Büro gemacht haben."

Auch das noch. Jetzt stand ich unter Verdacht und aus der latenten Konkurrenz wurde offene Abneigung oder gar mehr?

Sie gab mir einen kleinen Zettel.

„Hier ist das neue Passwort. Bevor Sie sich wundern, der Zugriff auf die Daten wurde auf das Nötigste beschränkt. Alles, was den persönlichen Bereich inklusive der Firmenkredite betrifft, werde ich vorläufig bearbeiten oder an jemanden aus dem Nebenbüro delegieren. Ich habe die Order erhalten, Sie vorrangig am Monatsabschluss arbeiten zu lassen, was Sie in den nächsten Tagen sicher beschäftigen wird. Danach sehen wir weiter."

Mit zusammengepressten Lippen nickte ich. Das Passwort auf dem Zettel kannte ich. Jeder Praktikant bekam es, weil es nur geringste Zugriffe erlaubte. Das hieß, dass ich sogar für den übertragenen Bereich zwischendurch auf andere Rechner ausweichen und um Hilfe bitten musste.

„Danke." Auch wenn es mir schwerfiel, es war nicht ihre Entscheidung. Dabei war ich mir allerdings nicht sicher, wie sie zu den Verdächtigungen stand. Auch ihre Freundlichkeit hatte etwas verbindlich Kühles. Es fühlte sich anders an als noch in der letzten Woche.

Nach einem Vormittag, an dem ich mich in meiner Arbeit vergraben und niemanden zu Gesicht bekommen hatte, ging ich in die Kantine. Aus meiner Abteilung war ich als Erste da. Daher setzte ich mich mit meinem Tablett an unseren Stammplatz und begann mit meinem Salat. Eher zufällig sah ich aus dem Augenwinkel, dass alle Kolleginnen aus dem Großraumbüro entgegen ihrer sonstigen Gewohnheit an einem anderen Tisch Platz nahmen.

Ich fühlte mich von ihnen angestarrt, und nicht nur von ihnen. Mühsam zwang ich den Rest meines Salates in mich hinein und verließ fast fluchtartig die Kantine. Auf den Kaffee im Großraumbüro verzichtete ich, obwohl dies immer ein nettes Ritual in unserer Abteilung gewesen war.

Den Rest des Arbeitstages versuchte ich, an nichts anderes zu denken als an meine Zahlenkolonnen, die ich in den Rechner tippte. Freiwillig arbeitete ich bis fünf und fuhr erst dann meinen Rechner herunter. So war ich mir sicher, dass ich auf dem Weg zu meinem Fahrrad niemandem aus der Verwaltung mehr begegnen würde.

Tatsächlich saß ich kurze Zeit später auf meinem Rad. Die Bewegung an der frischen Luft tat mir gut und ich merkte, wie sich langsam, sehr langsam die Anspannung löste, die sich während des Tages aufgebaut hatte.

Der Abend war lau und es waren viele Spaziergänger unterwegs. Als ich am *Kanafé* vorbeikam, sah ich viele Gäste in der Sonne auf der Terrasse sitzen. Musik war heute keine zu hören. Wehmütig schweiften meine Gedanken zu jenem ersten Abend mit Tobias zurück, die Musik, das gute Essen, seine Blicke, die sein Interesse an mir verraten hatten. Und ich hatte es verdorben, bevor es hatte anfangen können. Der Kloß in meiner Kehle schwoll wieder an.

Mühsam motivierte ich mich jeden Tag erneut, zur Arbeit zu fahren. Die Kolleginnen schnitten mich. Die Teerunde morgens fand ohne mich statt, mein Mittagessen nahm ich allein ein. Unverändert hatte ich nur geringe Befugnisse. Ich hatte zwar zum Glück mein eigenes Büro, verrichtete aber im Prinzip Arbeiten, die eine Aushilfe machen konnte. Die Übernahme der Abteilungsleitung, die mir bei Einstellung in Aussicht gestellt worden war, war in weite Ferne gerückt.

Vom BKA hatte ich nichts mehr gehört und den Kontakt zu Tobias nicht wieder gesucht. Obwohl ich mir nicht mehr vorstellen konnte, dass er mich verraten hatte. Für meinen Auftritt am Kanal schämte ich mich. Noch ein Grund mehr, nicht mehr zum Chor zu gehen oder ihn gar anzurufen.

Tagträumend saß ich an meinem Platz, als es klopfte.

Ich schreckte hoch und registrierte gerade noch, dass mein Schreibtisch nach Arbeit aussah, als Frau Lensing das Büro betrat.

„Hallo Frau Feder, ich bin noch einmal persönlich hier, um an das Betriebsfest am Wochenende zu erinnern."

„Danke, aber ..."

„Kein *Aber*. Wenn Sie jetzt kneifen, bekommen Sie in dieser Abteilung nie wieder einen Fuß auf den Boden. Zeigen Sie, dass sie unschuldig sind, und bieten Sie den Ziegen dort drüben die Stirn."

Erstaunt hob ich die Augenbrauen. So deutliche Worte hatte ich von ihr noch nie gehört.

„Sie wissen selbst, dass eigentlich nur Frau Vosskötter intrigiert. Sie will den Posten, den man Ihnen angeboten hat, selbst haben. Aber sie hat nicht die notwendige Qualifikation und will das nicht begreifen. Die anderen Kolleginnen sind mehr oder minder Mitläufer. Der Bürotratsch ersetzt bei vielen das Privatleben."

Ich verzichtete darauf, sie darauf hinzuweisen, dass ich das vollkommen anders einschätzte.

„Sie sollten auf jeden Fall kommen. Wenn Sie wegbleiben, können Sie eigentlich schon gleich die Kündigung einreichen, was ich ausgesprochen schade fände. Ich habe Sie als zuverlässige und innovative Mitarbeiterin kennengelernt und wüsste die Abteilung bei Ihnen in guten Händen."

„Danke für die anerkennenden Worte, aber ich bin wirklich unsicher, ob ich mir das Spießrutenlaufen am Wochenende auch noch zumuten möchte."

„Ist es so schlimm?"

Einen Moment kämpfte ich mit den Tränen und nickte nur stumm.

„Gibt es denn keine neuen Erkenntnisse?"

„Ich habe nichts mehr vom BKA gehört. Ich weiß nicht, wie meine Karte in die Hände der Terroristen gekommen ist. Als sie mir wieder zurückgegeben wurde, sagte Frau Roth zu mir, es seien keine fremden Fingerabdrücke gefunden worden. Das Muster aus meinen Abdrücken sei typisch für einen viel benutzten Gegenstand. Nachweislich sei die Karte nicht abgewischt worden."

„Damit und mit Ihrem Alibi für die Tatzeit, sind Sie doch entlastet. Ich verstehe die Geschäftsführung nicht, dass sie die Einschränkungen noch nicht aufgehoben hat."

„Wenn ich Herrn Mölljans richtig verstanden habe, wartet man noch ab, ob ich durch Fahrlässigkeit die Tat begünstigt habe." Mein Gott, klang das gestelzt, aber das war die Formulierung, die man mir präsentiert hatte.

„Weiß das irgendjemand drüben im Großraumbüro?"

Ich schüttelte nur meinen Kopf. „*Mit* mir redet ja niemand."

„Nur über Sie, ich verstehe. Dann ist es noch wichtiger, dass Sie zum Betriebsfest kommen. Denken Sie an meine Worte!"

Ich starrte noch eine Weile auf die Tür, die sie leise hinter sich geschlossen hatte, und beschloss dann, Feierabend zu machen.

Wieder entspannte sich meine Muskulatur nach und nach beim Radfahren. Was hätte ich nur getan, wenn ich näher am Büro gewohnt hätte? Vielleicht hätte ich dann einen Boxverein aufgesucht. Einen Moment verlor ich mich in dem Bild, wie ich mit Boxhandschuhen, vollkommen verschwitzt, auf einen Sandsack eindrosch. Vielleicht sollte ich mal ein Probetraining vereinbaren, überlegte ich.

Auf einer Wiese, weit und breit war kein Mensch zu sehen, begegnete mir Trüffel. Ich fuhr langsamer und schaute mich nach Tobias um, fand ihn aber nicht.

„Trüffel, hier", imitierte ich Tobias' Stimmlage.

Ohne Zögern trabte das Tier auf mich und begrüßte mich begeistert.

Während ich den Hund davon abhielt mich anzuspringen und ihn anschließend zur Belohnung kraulte, sobald alle vier Pfoten wieder am Boden waren, schaute ich mich weiter um.

„Bist du etwa ganz allein unterwegs?"

Kurzentschlossen stieg ich vom Rad und lockte ihn, mit mir zu gehen. Erwartungsvoll schaute er immer wieder zu mir auf, aber außer Ansprache und ein paar Streicheleinheiten hatte ich nichts zu bieten. Erstaunlicherweise reichte dies aber, um ihn an mich zu binden. So legten wir mehr als zwei Kilometer zurück. Schon fast an Tobias Häuschen angekommen, sah ich ihn zusammengesunken auf einer Bank sitzen. Völlig untypisch trug er einen schwarzen Anzug mit schwarzer Krawatte.

Trüffel blieb tatsächlich bei mir, bis ich vor ihm stand.

Tobias hatte nicht einmal hochgeschaut, ein Bild des Jammers, das mein Herz eng machte.

Nach kurzem Zögern stellte ich mein Rad am Wegrand ab und nahm Trüffel am Halsband.

„Hallo Tobias, ich habe Trüffel auf halbem Weg nach Hiltrup gefunden. Wir haben einen netten Spaziergang gemacht."

Der Scherz versandete ohne Reaktion, aber er hob den Kopf leicht, um seinen Hund zu kraulen.

So konnte ich sein Gesicht sehen. Rotgeränderte Augen zeigten, dass er geweint hatte. Prompt stiegen mir die Tränen in die Augen.

Während ich meinen Rucksack abnahm und nach einem Taschentuch kramte, setzte ich mich neben ihn. Auch ihm bot ich eins an, bevor ich mir die Nase putzte. Unverfänglich starrten wir anschließend beide auf den Kanal.

Ich stellte überrascht fest, dass sich das Schweigen neben ihm gut anfühlte. Also beließ ich es dabei und versuchte mir zusammenzureimen, was passiert sein konnte.

„Heute war Martins Beisetzung." Tobias schluckte hart.

Ich schaute kurz zu ihm herüber und überlegte, ob ich seine Hand nehmen sollte.

„Hatte ich erzählt, dass wir uns seit dem Kindergarten kannten? Martin war immer da, in der Schule, während des Studiums ... immer."

Verstohlen wischte ich mir über die Augen. „Hast du erfahren, was passiert ist?"

Er nickte und atmete tief durch. „Nach dem Autopsiebericht war Martin nicht ganz nüchtern, es waren aber nur 0,4 Promille", beeilte er sich hinzuzufügen. „Vielleicht hast du auf der Party gemerkt, dass er fast keinen Alkohol trank. Das tat er nie, mal ein Bier oder einen Wein, aber ich habe ihn in den über dreißig Jahren kein einziges Mal betrunken erlebt."

Wieder sammelte er seine Gedanken und rang um Fassung.

„Was genau passiert ist, kann man nur vermuten. Er hatte eine Platzwunde am Kopf, wie sie von einem Sturz herrühren kann. Sicher ist nur, dass er ertrunken ist ... Man nimmt an, dass er gestürzt und benommen in den Kanal gefallen ist."

Ich hörte sein raues Schluchzen, nur einmal, aber es reichte aus, meine Zurückhaltung aufzugeben. Wie selbstverständlich legte ich meinen Arm um seine Schulter und zog ihn leicht an mich.

Erleichtert merkte ich, dass er seinen Kopf an meine Schulter lehnte. Lange Zeit hielt ich ihn einfach nur fest und spürte, wie seine Schultern immer wieder zuckten. Er gab kein Geräusch von sich, entzog sich mir aber auch nicht.

Auch mir liefen Tränen über das Gesicht.

Schließlich richtete er sich auf, und ich reichte ihm ein weiteres Taschentuch, das er mit einem Nicken annahm.

„Danke." Seine Stimme klang so leise, dass ich mir zunächst nicht sicher war, ob ich ihn richtig gehört hatte.

„Deine Jacke ist ganz nass." Halbherzig wischte er mir über die Schulter.

„Wenn es ein bisschen geholfen hat, ist es das wert."

Zum ersten Mal, seit ich hier saß, schaute er mir direkt in die Augen. Etwas zittrig atmete er tief aus.

„Wie weit, sagtest du, ist Trüffel gelaufen?"

Ich beschrieb ihm die Wiese.

„So weit? Wie spät haben wir denn?"

Ich kramte mein Smartphone heraus und schaute nach.

„Zehn nach sechs."

In diesem Moment knurrte sein Magen vernehmlich.

„Wie lange hockst du denn hier?"

„Die Beisetzung war um zehn." Er schaute sich nach dem Hund um, der wenige Meter von uns entfernt lag und an einem Ast knabberte.

„Kümmert sich Alex um dich, wenn du nach Hause gehst?"

„Alex ..." Vollkommen verwirrt schaute er mich an. „Die ist schon vor Wochen ausgezogen, zwei Tage nach der Party."

Wieder schaute er mich an, nachdenklich, als würde ihm eine Frage unter den Nägeln brennen. Dann starrte er auf den Kanal. Ich sah seine Wangenmuskeln arbeiten, aber er sagte nichts.

„Ich muss nach Hause, Trüffel braucht sein Fressen."

„Hast du jemanden, der sich um dich kümmert?"

Wieder dieser Blick, aber auch dieses Mal schwieg er und rief nach einem langen Augenblick seinen Hund zu sich.

„Ich komme schon klar."

„Wirklich?" Aufmerksam musterte ich sein Gesicht.

„Was willst du eigentlich?", brach es aus ihm hervor. „Erst verdrehst du mir den Kopf, tust so, als hätte dir mein Kuss gefallen, dann bist plötzlich verschwunden, und als ich dich gebraucht hätte, an diesem Abend, als ich bei dir zu Hause war, da hast du mich mit einer fadenscheinigen Begründung abgewimmelt, nur um mir am nächsten Tag Vorhaltungen zu machen. Jetzt sitzt du hier, machst einen auf besorgt ..." Er brach ab.

Bei seinem aggressiven Ton war ich zusammengezuckt. Mühsam rang ich nach Luft.

„Ich bin besorgt ... und möchte etwas gutmachen. Nach dem ersten Verhör beim BKA war ich total durcheinander. Die Fragen, die sie mir gestellt haben, ließen allesamt durchblicken, dass ihr, Martin und du, etwas mit dem Anschlag zu tun hättet. An dem Abend wollte ich meine Gedanken und Gefühle sortieren. Ich wollte nicht mit dir in Verbindung gebracht werden." Wie klang das denn, so meinte ich das doch gar nicht. „Ich stand, nein, ich stehe unter dem Verdacht, den Terroristen Zugang zum Werk verschafft zu haben. Dass du damit nichts zu tun hast, habe ich nach unserem Treffen auch begriffen, aber vorher war ich zu verblendet, um das zu sehen. Ich hätte dich nicht so anfahren dürfen, das weiß ich jetzt auch ... und es tut mir leid."

„Wow, eine lange Rede für jemanden, der sich sonst immer in Schweigen hüllt." Sein ätzender Tonfall tat weh.

„Streiten fällt mir eben leichter, als mir meine Gefühle einzugestehen." Meine Wut sank in sich zusammen wie ein Ballon, aus dem die Luft entweicht. Zurück blieben Tränen, die mir in die Augen stiegen.

„Vielleicht sollte ich jetzt gehen."

„Und wieder davonlaufen? Wie wäre es, wenn wir endlich klären, wie wir zueinander stehen?"

Ich fühlte mich unendlich müde. Den ganzen Tag im Büro war ich schon dem Misstrauen ausgesetzt gewesen, damit jetzt weiterzumachen, das war einfach zu viel für mich. Als ich hochblickte, sah auch sein Gesicht schon fast grau aus, so fertig und abgekämpft wirkte er.

„Ich glaube nicht, dass wir beide heute dazu in der Lage sind."

Bei aller Müdigkeit drang mein sachlicher Ton anscheinend zu ihm durch.

„Da könntest du Recht haben." Tobias rieb sich über das Gesicht und fuhr sich durch die Haare. „Sollen wir am Samstag zusammen etwas essen gehen?"

„Am Samstag kann ich nicht, Betriebsfest."

„Das ist natürlich wichtiger."

„Nein. Das verstehst du falsch. Meine Abteilungsleiterin war heute extra noch einmal bei mir. Die Stimmung in der Abteilung ist mies. Sie meinte, wenn ich nicht käme, könnte ich gleich meine Kündigung einreichen, es käme quasi einem Schuldeingeständnis gleich ... Lust habe ich keine."

Nachdenklich musterten mich seine braunen Augen. Dann nickte er.

„Gut, dann am Sonntag? Du wirst ausschlafen wollen. Wann passt es dir?"

Deutlich hörte ich seinen sarkastischen Unterton. Trotzdem ging ich auf seine Provokation nicht ein.

„Wir könnten gemeinsam brunchen, im *Kanafé*?"

Ob er das Friedensangebot erkannte?

„Gut, ich schlage vor, du holst mich ab, dann gehen wir zum Brunch."

„Bis Sonntag." Eigentlich wollte ich ihm gern die Hand geben, nein, noch lieber wollte ich ihn umarmen, aber meine Hand fiel auf halbem Weg herab.

„Ciao." Er nahm seinen Hund an die Leine und ging, ohne sich noch einmal umzuschauen.

Auch die folgenden Tage im Betrieb verbrachte ich allein. Am Freitag suchte ich meine Abteilungsleiterin in ihrem Büro auf.

„Frau Lensing? Ich hätte noch eine kleine Frage, zum Fest."

„Dann haben Sie sich entschieden, doch zu kommen. Das ist gut."

„Naja, ganz sicher bin ich mir noch nicht. In welchem Rahmen wird hier denn üblicherweise gefeiert?"

„Sie sprechen den Dresscode an?" Als ich nickte, fuhr sie fort. „Es ist eine zwanglose Gartenparty. Ein großer Biergarten mit Kies, also nichts für High Heels, was wahrscheinlich aber nicht alle davon abhalten wird. Es wird ein Buffet geben, Tanz. Bei dem Spätsommerwetter momentan wäre ein Sommerkleid wohl eine gute Wahl, wenn Sie sowas haben." Ihr Grinsen nahm mir meine Befangenheit.

„Ja, ich besitze auch Kleider, allerdings sind die auf dem Rad nicht besonders praktisch, daher haben Sie noch keines an mir gesehen."

„Sie fahren mit dem Rad? Ich dachte, Sie wohnen im Mauritzviertel." Sie schien ehrlich erstaunt.

„Ja, jeden Tag."

„Meine Hochachtung! Das ist eine beachtliche Strecke. Wie lange sind Sie unterwegs?"

„Etwas mehr als eine halbe Stunde, am Kanal entlang gibt es eine schöne Strecke, ohne Ampeln."

„Dann ist der Biergarten im Maikotten ja ein Heimspiel für Sie."

„Zumindest, was die Location angeht." Wieder meldete sich meine Unsicherheit.

„Versprechen Sie mir, dass Sie kommen?" Frau Lensing hatte den Stimmungswandel bemerkt.

„Ja, ich werde kommen. Sind denn wirklich alle da, auch die Chefetage?"

„Die Produktion wird natürlich nicht unterbrochen, Sicherheitsdienst und Feuerwehr sind ebenfalls hier, aber die Verwaltung wird fast komplett anwesend sein. Deshalb finde ich es auch so wichtig, dass Sie präsent sind."

Neue Erkenntnisse

Abends hing ich unmotiviert vor dem Fernseher ab. Nach der Vorabendserie, ich hatte nebenbei in einer Zeitschrift geblättert, hörte ich die Anfangsmelodie von *Aktenzeichen XY ungelöst*. Als Kind hatte ich die Sendung oft geschaut. Während ich nach der Fernbedienung suchte, hörte ich im Hintergrund: „Guten Abend meine Damen und Herren. Nach der Explosion in einem Chemiewerk in Stuttgart, bei der zum Glück nur Sachschaden entstand, sucht die Polizei nach dieser Frau."

Erstaunt unterbrach ich meine Suche und starrte auf den Bildschirm. Von einer Explosion hatte ich bisher noch gar nichts gehört. Noch erstaunter war ich, als mir plötzlich das Gesicht von Alex präsentiert wurde.

„... sachdienliche Hinweise bitte an die Polizeidienststelle in Stuttgart, unter der Nummer ..."

Verdammt, wo war mein Handy? Ich schnappte mir mein Festnetztelefon und tippte die Nummer ein, aber dann zögerte ich. Sollte ich nicht vorher mit Tobias sprechen? Was bedeutete es für ihn, wenn ich jetzt bei der Polizei anrief? Wenn er nichts damit zu tun hatte, würde sich das auch herausstellen. Das hoffte ich doch. Also drückte ich die Wahlwiederholungstaste und lauschte angespannt. Als Erstes landete ich in der Warteschleife, aber dann knackte es im Hörer und ich hatte einen Gesprächspartner.

„Ich habe einen Hinweis zu dem Foto, das sie gerade im Fernsehen gezeigt haben." Nach und nach erzählte ich, wo ich Alexandra kennengelernt hatte, stellte mich vor, berichtete von den zurückliegenden Ereignissen und mit welchen Beamten ich es zu tun gehabt hatte.

„Gut, ich fasse noch einmal zusammen: Die Frau auf dem Foto haben Sie als Alexandra erkannt, die zum Zeitpunkt des Anschlagsversuchs in Münster als Untermieterin bei Tobias Katzlowski gewohnt hat." Er wiederholte die Adresse. „Die ermittelnde Beamtin, mit der Sie zu tun hatten, ist Frau Emely Roth."

Nachdem ich dies bestätigt hatte, hörte ich ein *Danke* und wurde noch gebeten, meine Personalien anzugeben. „Ihre Festnetznummer habe ich ja im Display."

Kaum hatte er aufgelegt, versuchte ich, Tobias zu erreichen. Vergeblich, es war besetzt. Ob ich hinfahren sollte?

Eine Viertelstunde später ging niemand ans Telefon. Wahrscheinlich war er mit dem Hund unterwegs. Mist, ich hätte ihm gern selbst gesagt, dass ich seinen Namen ein weiteres Mal an die Polizei weitergegeben hatte. Eine Stunde später bekam ich eine Verbindung.

„Tobias, endlich erreiche ich dich. Ich habe heute in *Aktenzeichen XY* ein Bild von Alex gesehen."

„Ja, ich weiß, ich hatte gerade Besuch von der Polizei."

Scheiße, das hatte ich nicht gewollt, aber was hatte ich denn gedacht, schalt ich mich selbst, natürlich hatten sie schnellstmöglich Kontakt mit ihm aufgenommen.

„Hast du ihnen sagen können, wie Alex heißt?"

„Zumindest konnte ich ihnen die Daten geben, die ich von der Mitwohnzentrale bekommen habe. Es war aber ein falscher Name. Da sie schon vor einigen

Wochen ausgezogen war, hatte ich auch nichts mehr von ihr, das ich den Beamten für eine DNA-Probe hätte geben können."

„Meinst du, sie hat meinen Betriebsausweis kopiert?"

„Sie oder einer ihrer Bekannten. Sie hatte einige Male Besuch, während sie bei mir wohnte, auch an meinem Geburtstag."

Wir redeten noch eine Weile über die Gäste, die Alex mitgebracht hatte. Mir war niemand von ihnen aufgefallen.

Erst nach dem Auflegen bemerkte ich, dass wir ausführlich miteinander gesprochen hatten. Solange es nicht um uns ging, konnten wir also miteinander reden.

Am Samstagmorgen nahm ich meine Kleider aus dem Schrank und überlegte, welches ich anziehen wollte. Das Wetter war spätsommerlich warm, trotzdem sortierte ich die Modelle ohne Ärmel aus. Schließlich blieb ein blau geblümtes Kleid mit Bolero übrig. Die passenden Ballerinas hatte ich auch, sodass ich insgesamt zufrieden war.

Heute gönnte ich mir mehr Zeit für die übliche Körperpflege, überlegte, ob ich etwas Besonderes mit meinen Haaren anstellen sollte, ließ sie aber zunächst an der Luft trocknen.

Den Einkauf erledigte ich schnell im nahegelegenen Supermarkt und nahm mir vor, nächsten Samstag ausgiebig über den Markt zu schlendern.

Schließlich war es Zeit. Entnervt bemerkte ich, dass ich aufgeregt war. Ich fühlte mich wie vor einem Bewerbungsgespräch, nein, noch nervöser.

Sorgfältig schminkte ich meine Augen so dezent wie immer und entschied spontan, die Haare doch zu einer Sommerfrisur am Hinterkopf zusammenzufassen.

Beim letzten Kontrollblick vor dem Spiegel war ich zufrieden. Das Kleid hatte ich schon einige Male getragen, es war bequem und trotzdem schick. Der Rock endete knapp über dem Knie. Ich verzichtete auf meinen Rucksack und griff zur Handtasche. Außer dem Handy, meinem Schlüssel und etwas Geld brauchte ich nichts. Der Firmenausweis blieb zu Hause. In der Tür fiel mir noch die Einladungskarte ein, die ich von der Pinnwand nahm und in die Tasche steckte.

Betriebsfest

Nach einer gemächlichen, kurzen Fahrt stellte ich mein Rad in einen der Fahrradständer am Eingang. Das Stimmengemurmel war schon von ferne zu hören.

Der große Biergarten war bereits gut gefüllt. Überall standen schwatzende Mitarbeiter, die Damen überwiegend im Kleid, die Herren im Anzug, aber leger, nicht in den gedeckten Businessfarben. Ich beglückwünschte mich zur Wahl meiner Garderobe und schaute mich nach bekannten Gesichtern um.

Conny und Britta, zwei Kolleginnen der Entgeltstelle, standen tatsächlich in der Nähe der Bar und unterhielten sich. Nach kurzem Überlegen gesellte ich mich zu ihnen.

„Ich hätte nicht erwartet, dich hier zu sehen", sprach Britta mich an.

Hatte ich diesen Spruch nicht schon einmal gehört? Ich versuchte es mit Offenheit.

„Zur gleichen Zeit, als die Sprengladungen angebracht wurden, habe ich mit Herrn Mölljans gesprochen. Wir haben uns zufällig in Coerde in der Eisdiele getroffen. Ich habe mit der Sache nichts zu tun."

„Und warum hast du dann immer noch keinen normalen Betriebsausweis?" Conny, die Kollegin, mit der ich einige Male nach der Arbeit ausgegangen war, schaute mich neugierig an.

„Wenn ich Frau Lensing richtig verstanden habe, will man erst den Verdacht der Fahrlässigkeit ausgeräumt sehen. Nur weiß ich nicht, wie man das beweisen will oder kann."

„War es denn wirklich deine Karte?"

„Laut BKA waren nur meine Fingerabdrücke auf dem Ausweis. So wie mir gesagt wurde, gab es keine Spur von abgewischten Fingerabdrücken, sondern nur den normalen Mix, wie man ihn auf einem häufig benutzten Gegenstand findet. Da ich die Karte zum Tatzeitpunkt bei mir hatte und nachweislich in Coerde war, bin ich somit eigentlich raus.“

„Aber?“

„Naja, man hört ja schon mal von kopierten EC-Karten. Nur weiß ich nicht, wann jemand die Gelegenheit gehabt haben sollte, meine Karte zu kopieren.“

„Wieso denn überhaupt deine Karte?“

„Weil ich laut den Computeraufzeichnungen am fraglichen Sonntagnachmittag im Werk gewesen bin. Also muss jemand eine Kopie meiner Karte benutzt haben.“

Die beiden waren nicht überzeugt, wie ich an den kritischen Gesichtern ablas. Trotzdem ging ich noch einen Schritt weiter.

„Ich würde gern wieder morgens mit euch Tee trinken, meint ihr, das ginge?“

„Ich weiß nicht.“ Conny wand sich, während sich die jüngere Kollegin neben ihr betreten wegdrehte.

In diesem Moment kam Andrea zu uns.

„Na, schleimt sie sich ein?“ Sie stellte sich mit dem Rücken zu mir, fast zwischen uns, sodass ich plötzlich nicht mehr zur Gesprächsrunde dazugehörte. „Hübsches Kleid, Conny, ist das etwa aus der neuen Boutique, die wir entdeckt haben? Ihr möchtet doch sicher auch etwas essen, nicht wahr? Kommt, lasst uns reingehen.“ Zielsicher hakte sie sich bei beiden ein und verschwand mit ihnen. Keine der drei schaute zurück zu mir.

Ich holte mir ein Wasser und setzte mich an einen der Tische am Rand. Von dieser Position beobachtete ich die Menge und überlegte, wie lange ich bleiben musste, um nicht unhöflich früh zu verschwinden. Der Biergarten war inzwischen fast voll, selbst zu mir hatte sich eine Gruppe Techniker verirrt. Zumindest entnahm ich das ihren Gesprächen.

„Hat einer von euch gestern *Aktenzeichen XY* gesehen?"

Die Runde verneinte, leicht belustigt.

„Normalerweise sehe ich die Sendung auch nicht …"

„Wer's glaubt!"

Es gab einige gutmütige Kommentare, bevor der ältere Kollege weitererzählen konnte. „In Stuttgart hat es eine Explosion in einem Chemiewerk gegeben." Jetzt hatte er die volle Aufmerksamkeit der Runde. „Das, was bei uns passiert ist, war also kein Einzelfall."

„Wenn ich bedenke, welches Glück wir hatten. Ich hatte Frühdienst an dem Morgen. Wenn die Sprengladung wirklich hochgegangen wäre …"

„Es heißt ja, eine Mitarbeiterin hätte den Tätern Zugang zum Werk verschafft."

Mir reichte es, ich nahm mein Glas und ging ins Restaurant.

„Schön, dass Sie da sind." Plötzlich stand Frau Lensing hinter mir. „Holen Sie sich etwas zu essen. In einer halben Stunde beginnt draußen das Varieté-Programm, das sollten Sie nicht verpassen." Sie nickte mir noch kurz zu und verschwand nach draußen. Am Buffet grüßte ich Herrn Mölljans, der freundlich reserviert reagierte und dann ebenfalls hinausging.

Während ich überlegte, was ich mir nehmen sollte, hörte ich hinter mir Getuschel. Was genau besprochen wurde, verstand ich nicht, aber ich hörte einzelne Worte. *Entgeltstelle* und *Suspendierung* hörte ich heraus, dann meinen Namen. Mühsam beherrscht nahm ich meinen halbvollen Teller und drehte mich hoch erhobenen Hauptes um. Das Gespräch hinter mir erstarb augenblicklich. Wie ich jetzt sah, handelte es sich bei einem der Beteiligten um einen Mann, der vor wenigen Wochen mit mir über einen Firmenkredit verhandelt hatte. Er kannte mich.

Ich ging mitten durch die Gruppe nach draußen. Appetit hatte ich jedoch keinen mehr, daher ließ ich den Teller im Vorbeigehen einfach auf einem leeren Stehtisch zurück. Im Biergarten saßen die meisten Kollegen inzwischen an den Tischen und schauten während des Essens erwartungsvoll zu einer kleinen Bühne.

Ich trat in den Schatten einer Kastanie und lehnte mich unauffällig gegen den Stamm, während auch ich zur Bühne schaute.

Der Entertainer begrüßte sein Publikum, sprach davon, dass er zaubern würde und suchte nach einem Assistenten. Als sein Blick mich streifte, wurde mir gleichzeitig heiß und kalt.

„Bitte nicht", dachte ich nur noch und versuchte, möglichst unauffällig mit dem Baumstamm zu verschmelzen. Dann war der Moment vorbei und der Zauberer hatte sein Opfer gefunden. Er ging zum Tisch der Betriebsleitung und bat Herrn Mölljans zu sich auf die Bühne.

Es folgten einige der üblichen Tricks, die Rolle von Herrn Mölljans bestand im Wesentlichen darin, die Rechtmäßigkeit der Ausrüstung zu bestätigen.

Nach den Tricks bedankte sich der Zauberer und fragte in die Runde, wie spät es sei. Routinemäßig hob der Prokurist seinen linken Arm und schaute auf die leere Stelle, wo vor kurzem noch seine teure Armbanduhr gewesen war.

„Ach, ich vergaß, ich habe ja diese Uhr hier." Mit diesen Worten zog der Zauberer eine Uhr aus der Hosentasche und präsentierte sie dem Publikum und seinem verblüfften Helfer.

Vor allem am Tisch der Geschäftsleitung brach ungehemmte Heiterkeit aus. Selbst ich wusste vom Uhrentick des Prokuristen, ebenso wie anscheinend auch seine Tischgenossen.

„Vermissen Sie sonst noch etwas?"

Selbst durch das Mikrophon hörte man deutlich seine Scheinheiligkeit. Herr Mölljans musterte ihn mit schräggelegtem Kopf und begann, seinen Anzug abzuklopfen. Seine Brieftasche schien noch da zu sein, aber als er sich an die Gesäßtasche fasste, verzog er das Gesicht. Dann streckte er die leere Hand aus.

Mit einer Verbeugung überreichte der Zauberer das Portemonnaie.

„Kontrollieren Sie lieber, ob alles da ist."

Obwohl er die Bühne schon verlassen wollte, blieb Mölljans noch einmal stehen und klappte seine Geldbörse auf. Noch einmal streckte er seine Hand in Richtung des Zauberers.

„Bei welcher Bank sind Sie Kunde?"

Die Geste von Herrn Mölljans wurde fordernder und er bekam seine EC-Karte ausgehändigt.

„Ich hoffe, ich habe jetzt alle Dinge zurück?"

„Ich verbürge mich dafür." Der Zauberer legte die rechte Hand auf sein Herz und neigte den Kopf.

Unter Applaus verließ der Prokurist nach einem Handschlag die Bühne. Der Zauberer verbeugte sich und machte Platz für den Geschäftsführer der Münsteraner Niederlassung.

Dieser dankte dem Entertainer, sprach ein paar offizielle Grußworte und eröffnete den Tanz.

Die Musik erklang. Im Hintergrund hatte der DJ nur auf sein Stichwort gewartet. Erste Paare bewegten sich auf der Tanzfläche, während ich mich nach einem unauffälligen Beobachtungsposten umschaute. Ganz am Rand stand eine Bank, die zum Glück leer war und etwas abseits von den Tischen stand.

Ich setzte mich. Die Nummer mit dem Taschendiebstahl ging mir durch den Kopf. Auf der Bühne, vor allen, hatte der Zauberer den Prokuristen beklaut, oder hatte er die Sachen schon vorher an sich genommen? Ich versuchte mich zu erinnern und glaubte mich zu erinnern, dass Herr Mölljans seine Uhr noch gehabt hatte, als er auf die Bühne gegangen war.

Also doch ein Diebstahl vor den Augen aller.

„Darf ich?"

Ich schreckte aus meinen Gedanken auf. Robert Held stand neben der Bank und deutete auf den freien Platz.

„Sind Sie sicher, dass Sie mit mir gesehen werden wollen?"

„Wenn Sie schuldig wären, wären Sie längst entlassen und nicht hier."

Das klang logisch, war es aber nur bedingt.

„Es gibt immer noch den Verdacht, dass meine Fahrlässigkeit die Tat begünstigt hat."

„Sie und fahrlässig? Niemals."

„Wie können Sie sich da so sicher sein? Sie kennen mich doch kaum."

„Ich beobachte Sie im Werk. So habe ich auch bemerkt, wie unglücklich Sie das Verhalten der Kolleginnen macht. Haben Sie schon einmal versucht, sich gegen das Mobbing zu wehren?"

Ich schnaubte nur leise. „Wie denn?"

„Wir könnten einen Anfang machen, indem Sie jetzt und hier mit mir tanzen."

„Sie wollen also partout Ihrem Ruf schaden."

„Für einen Tanz mit Ihnen würde ich noch ganz andere Dinge in Kauf nehmen." Er wandte sich mir zu und schaute mir einen Moment direkt in die Augen. „Wollen wir?"

Ich gab mich geschlagen und stand gemeinsam mit ihm auf.

Als er mir seine Hand anbot und seinen Arm um mich legte, fiel mir auf, dass er ein anderes Rasierwasser benutzte.

„Sie haben Ihr Aftershave gewechselt?" Manchmal sollte ich wirklich meine Klappe halten.

„Das ist Ihnen aufgefallen? Ja, seit einigen Tagen habe ich ein neues."

So geschmeichelt, wie er jetzt aussah, würde ich ihn sicher in diesem Leben nicht mehr los werden. Zum Glück war er wenigstens ein guter Tänzer. Trotz meiner Vorbehalte machte es Spaß, nach langer Zeit mal wieder zu tanzen.

„Was würden Sie davon halten, wenn wir das Fest unauffällig verlassen und woanders einkehren?"

Sein Atem streifte mein Ohr und ich bekam eine Gänsehaut. Es war fast wie früher in der Schule, wenn die Kreide auf der Tafel gequietscht hatte.

„Ich habe Ihnen doch bereits meine Grundsätze dargelegt. Ich halte Arbeit und Privatleben streng auseinander."

„Dann sollte ich mir wohl wünschen, dass an den Anschuldigungen etwas dran ist, wie?"

Abrupt löste ich mich von ihm. „Das ist geschmacklos! Ich danke Ihnen für den Tanz, aber ich werde jetzt gehen, allein." Das letzte Wort sprach ich besonders deutlich, wenn auch leise und war mir sicher, dass er mich genau verstanden hatte. Kurzerhand ließ ich ihn auf der Tanzfläche stehen.

Seine Beteuerungen, es sei doch nur ein Scherz gewesen, für den er sich entschuldige, würdigte ich keines Blickes und saß kurze Zeit später auf meinem Rad.

Zu Hause schminkte ich mich ab und bürstete mir die Frisur aus den Haaren, bis es schmerzte. Schlafen konnte ich so auf keinen Fall.

Aber was sollte ich sonst tun?

Die Ballerinas standen schon wieder im Schrank, das Kleid hängte ich zum Auslüften an die Tür und zog dann Jeans und Bluse an.

Bevor ich richtig begriff, was ich tat, war ich wieder bei meinem Fahrrad und unterwegs zum Kanal, nein, unterwegs zu Tobias. Etwas zittrig schloss ich mein Rad vor seiner Haustür ab und stieg die drei Stufen hinauf, um zu klingeln.

Machen wir einen Spaziergang?

Als Tobias die Tür öffnete, schien er erstaunt, mich zu sehen. Ohne etwas zu sagen, wartete er ab.

„Magst du einen Spaziergang machen?"

„Eigentlich haben wir unsere Abendrunde schon hinter uns, aber ... warum nicht?" Er wandte sich kurz ab und rief nach Trüffel, während er nach der Leine griff. Keine zwei Minuten später waren wir unterwegs.

„Ich dachte, du bist auf dem Betriebsfest."

„Es war furchtbar. Aber ich bin nicht gekommen, um mich bei dir auszuheulen. Ich ..." Ich musste schlucken und kratzte all meinen Mut zusammen. „Ich wollte diese beschissene Woche gern mit etwas Angenehmem beschließen."

„So drastisch?"

„Ja, zieh mich ruhig auf, ich habe es verdient." Stirnrunzelnd schaute ich am Kanal entlang in die Ferne.

„Ich wollte einfach mal wieder ich selbst sein, nicht die Kollegin, die unter Verdacht steht, mit der man nicht redet. Da kam mir der egoistische Gedanke, dass du mich eingeladen hattest, heute unsere Beziehung zu klären ... Hier bin ich."

„Der egoistische Gedanke ... Ich glaube, du spinnst. He, komm mal her." Er hatte sich meine Hand geschnappt, als ich unruhig weitergehen wollte, und hielt sie nun so fest, dass ich nicht weg konnte.

„Warum bist du wirklich gekommen?"

„Ich wollte bei dir sein." Ich erkannte meine Stimme kaum wieder. Hatte ich gerade so gekiekst? Ich verfluchte meine Idee, noch zu Tobias zu fahren, und wartete gleichzeitig atemlos darauf, wie es weitergehen mochte.

Aus dem Augenwinkel sah ich, wie er in einer fast väterlichen Geste den Kopf schüttelt. Dann nahm er mich einfach in die Arme, und ich hielt mich an ihm fest. Ja, das hatte ich gewollt, aber das hätte ich ihm niemals sagen können.

Seine leise Frage, ob das in meinem Sinne wäre, beantwortete ich mit einem Nicken und drückte mich enger an ihn.

Schließlich löste er sich etwas von mir, aber nur so weit, dass er mich küssen konnte. Es war fast genauso wie auf seinem Geburtstag. Seine weichen Lippen lagen sacht auf meinen, forderten nichts, sondern waren einfach nur da. Aber ich wollte mehr, zwickte ihn ganz leicht in die Unterlippe und spürte, wie er den Mund zu einem Lächeln verzog. Er antwortete mit seiner Zunge, die meine Lippen streifte, und ich nahm das Spiel auf.

„Was hältst du davon, wenn wir zu mir gehen?"

Etwas verlegen schaute ich zu ihm auf, sah die ernste Bitte in seinen braunen Augen, das Funkeln.

„Gern."

Er strahlte. Fest nahm er meine Hand und machte zögernd einen ersten Schritt. Ich drückte seine Hand und setzte mich in Bewegung. Die Schmetterlinge in meinem Bauch bekamen Zeit sich auszubreiten. Ich verlor mich in Gefühlen, und gleichzeitig spürte ich seine warme Hand, wie einen Anker.

Trüffel trabte neben uns her, ohne sich um uns zu kümmern.

Kaum hatte Tobias die Haustür hinter uns geschlossen, zog er mich an sich. Ich stand unmittelbar vor ihm und schaute zu ihm auf. Prüfend blickte er in meine Augen, abwartend.

Ich reckte mich zu ihm hoch und gab ihm einen kurzen Kuss auf den Mund. Als ich ihm wieder in die Augen schaute, blitzten diese übermütig.

Aus der Küche ertönte ein metallenes Scheppern.

„Trüffel hat Durst. Ich bin gleich wieder da."

Versonnen verfolgte ich, wie er den Napf mit Wasser füllte und auf den Boden stellte. Da er mir dabei seine Rückseite präsentierte, genoss ich ungeniert die Aussicht.

Als hätte er meine Blicke gespürt, drehte er sich mit einem breiten Grinsen um.

Ich grinste zurück und schlenderte zu ihm hinüber.

„Vielleicht sollten wir nach oben gehen."

Abwartend fixierte er mich.

„Dann zeig mir doch den Weg."

Da war es wieder, dieses Funkeln in seinen Augen, während er erneut meine Hand nahm.

Die alte Holztreppe knarrte unter unseren Schritten. Oben gab es drei Türen. Neben seinem Probenraum, den ich schon kannte, öffnete er die Tür zu einem gemütlich aussehenden Schlafzimmer. Ein französisches Bett stand mitten im Raum.

Tobias drehte sich zu mir um. Mit seiner freien Hand strich er mir zärtlich die Haare aus dem Gesicht. Ich fühlte seine Handfläche auf meiner Wange, als er mich vorsichtig an sich zog.

Aus dem ersten vorsichtigen Kuss wurde eine längere Knutscherei. Er umfasste meinen Kopf mit beiden Händen, sodass ich die Hände frei hatte und sein Hemd aufknöpfen konnte. Seine Haut fühlte sich glatt an unter meinen Fingern.

Aufreizend langsam glitten seine Hände an meinem Hals hinab. So weit, wie mein Ausschnitt es erlaubte, fuhr er mit seinem Finger über mein Dekolleté. Dann machte auch er sich daran, meine Bluse aufzuknöpfen. Ich spürte die Wärme seiner Hände, die er unter den Stoff schob. Einhändig öffnete er meinen BH und ich streifte mir Bluse und BH-Träger von den Schultern.

Mutiger machte ich mich an seiner Jeans zu schaffen. Seelenruhig sah er mir zu und stieg schließlich aus seiner Hose.

Statt zu fragen, hielt ich ihm ein Kondom hin.

„Klar." Aber als er es greifen wollte, war ich schneller.

„Ich wusste gar nicht, dass ein Kondom so aufregend sein kann." Er genoss es sichtlich, wie ich ihm die hauchdünne Hülle überstreifte.

„Jetzt bin ich dran." Während er sich auf das Bett setzte, zog er mich mit beiden Händen näher zu sich heran. Neckend ließ er seine Finger unter den Bund meiner Jeans gleiten. Weil es kitzelte, versuchte ich, mich ihm zu entwinden, aber mit der anderen Hand hielt er mich sachte fest. Kurz darauf hatte auch er mir die Jeans abgestreift, und ich stieg heraus. Sein Atem streifte meinen Bauch, bevor ich näherkam und mich auf seinen Schoß setzte.

Als ich wach wurde, spürte ich seine Arme, die mich hielten, und seinen Bauch an meinem Rücken. Obwohl es schon hell war, rückte ich mich wohlig seufzend zurecht und genoss seine Nähe.

„Hast du Lust auf Frühstück? Ich könnte Brötchen holen."

Jemand mit Sinn für ein ausgiebiges und gemütliches Frühstück.

„Brötchen klingt gut." Ich drehte meinen Kopf in seine Richtung und wurde mit einem Kuss belohnt.

„Sofort … oder später?" Seine Frage kitzelte an meinem Ohr.

Viel später schaute ich ihm zu, wie er sich anzog. In Jeans und T-Shirt beugte er sich zu mir hinüber, um mir einen Kuss zu geben.

„Handtücher sind im Bad, falls du duschen möchtest. Ich bin in zehn Minuten wieder da."

Ich hörte die Tür unten zuschlagen und sann noch einen Moment über die Nacht nach. Zärtlich war er gewesen und einfallsreich.

Naja, viele Vergleichsmöglichkeiten hatte ich nicht, aber so wohl hatte ich mich am Morgen danach noch nie gefühlt.

Als ich aus der Dusche kam, suchte ich nach meinen Sachen. Bluse, BH und Jeans waren schnell gefunden, aber wo war mein Slip? Suchend ließ ich meinen Blick über den Boden wandern. Nichts. Vielleicht unter dem Bett? Auf allen Vieren schaute ich nach und wurde fündig. Mit meinem Schuh förderte ich meine Wäsche zutage und stutzte. Statt einem hatte ich zwei Höschen vor mir liegen. Der Tanga war definitiv nicht von mir.

Scheiße.

Während ich noch wie betäubt auf den Boden starrte, hörte ich Tobias kommen.

„Was hast du?"

Er wirkte etwas irritiert, scheinbar hatte er mir zuvor schon eine Frage gestellt, die ich überhört hatte.

Als er meinem Blick folgt, ertönte nur ein „Oh!"

„Sonst hast du nichts zu sagen?"

Allmählich hatte ich mich gefasst. Meine Stimme klang sarkastisch in meinen Ohren.

„Die muss noch von Alex sein." Er schluckte hörbar.

Alex, die Alex, die bei ihm gewohnt hatte? Abwartend schaute ich ihn an.

„Ich weiß, dass das jetzt abgedroschen klingt, aber wir haben nur einmal ... Nach der Geburtstagsparty. Wir hatten beide zu viel getrunken und sind irgendwann gegen Morgen hier gelandet."

Schuldbewusst blickte er mich an. Um Zeit zu gewinnen, begann ich mich anzuziehen, als mir ein Gedanke kam.

„Sag mal, hatte die Polizei nicht nach der Identität von Alex geforscht?"

Verdutzt runzelte er die Stirn. Sein Blick glitt nachdenklich zu Boden, dann erhellte sich seine Miene.

„Ja, sie haben ausdrücklich nach einem Gegenstand von ihr gefragt, wegen einer DNA-Probe."

„Dann sollten wir den Tanga zur Polizei bringen."

Fassungslos starrte er mich an. „Jetzt, wo alles vorbei ist?"

„Vorbei? Für mich ist gar nichts vorbei! Noch immer habe ich nicht die gleichen Befugnisse in der Firma wie vor dem Anschlag. *In dubio pro reo* heißt in meinem Fall nur, dass ich noch nicht rausgeworfen wurde und meine Freistellung aufgehoben ist. Solange der Fall nicht zur Gänze geklärt ist, kann ich mir den Posten als Abteilungsleiterin abschminken. Ich gehe zur Polizei."

„Nein." Als ich aufstehen wollte, legte er mir die Hand auf die Schulter. „Ich werde zur Polizei gehen. Wir sollten dich da raushalten. Du hast die Hose doch nicht angefasst, oder?"

„Nein, nur mit dem Schuh unter dem Bett hervorgeangelt." Plötzlich wurden mir die Knie weich. Er machte sich Sorgen um mich. Er machte sich wirklich Sorgen, das sah ich an seinem prüfenden Blick, mit dem er mich musterte, während ich merkte, dass mir die Tränen über das Gesicht liefen.

„Was hast du?" Seine Hand war von der Schulter zu meinem Kopf gewandert. Sein Daumen strich über meine Schläfe.

„Es … es tut so verdammt gut, dass du das eben gesagt hast." Als er mich verständnislos anschaute, lächelte ich unter Tränen. „Dass du dich kümmern wirst und mich raushalten willst."

Gern ließ ich mich in die Arme nehmen und festhalten, ganz fest.

Mit einem aufmunternden Lächeln löste er sich schließlich von mir. „Eigentlich wollte ich nur fragen, ob du Kaffee oder Tee haben möchtest."

Schön, dass er die Dramatik so lässig überspielte.

„Nach dem Schreck hätte ich gern einen Kaffee, der könnte meinen Kreislauf in Schwung bringen."

„Gut, dann bis gleich." Nach einem Kuss auf die Stirn drehte er sich herum, und ich hörte, wie er die Treppe hinunterstieg.

Ich zog zügig Jeans und Bluse über die Unterwäsche und folgte dem Duft von frischen Brötchen und Kaffee nach unten in die Küche.

Er hatte die kurze Zeit genutzt, um den Tisch zu decken, sogar eine Kerze brannte, daneben stand eine einzelne Rose.

Ich nippte an meinem Kaffee, stark und mit Milchschaum, so wie ich ihn mochte.

„Du wolltest doch gestern gar nicht spazieren gehen, oder?"

Bestimmt war ich wieder knallrot angelaufen. War das so deutlich gewesen?

Er beugte sich über mich und stützte sich mit einer Hand auf dem Tisch ab, sodass seine Augen direkt vor meinen waren.

„Warum hast du nicht einfach gesagt, was du wirklich wolltest?"

Erschrocken riss ich die Augen auf.

„Ich finde es geil, wenn Frauen ganz klar sagen, was sie wollen." Sein Atem streifte mein Gesicht, und seine Stimme brachte mein Inneres zum Vibrieren.

Endlich hatte ich mich gefangen. „Wenn du nein gesagt hättest, hätte ich mir nie wieder selbst in die Augen schauen können."

Er gab mir einen Kuss und lachte leise. „Das ist ohnehin schwierig."

„Versuch du dich mal zu schminken, ohne in den Spiegel zu schauen."

„Das hast du doch nicht nötig. Ich liebe deine braunen Wimpern und deine wunderschönen, dunkelblauen Augen."

Er bekräftigte seine Worte, indem er nacheinander beide Augen küsste und mir über mein Gesicht strich.

Mit einem leichten Kuss auf seine Nase bedankte ich mich für das Kompliment, und hungrig machten wir uns über das Frühstück her.

Der Ton wird härter

Leider war das Wochenende viel zu schnell vorbei. Am Montagmorgen überlegte ich auf dem Weg zur Arbeit, passenderweise regnete es, wie offensiv ich gegen das Verhalten der Kolleginnen vorgehen sollte. Dumm war nur, dass ich, je näher ich dem Werk kam, immer verzagter wurde.

Im Treppenhaus schälte ich mich aus Regenhose, Gamaschen und Regenjacke und trug die tropfenden Sachen in mein Büro. Da ich ja direkt wieder hinauswollte, hatte ich die Tür nur angelehnt und hörte daher das Gespräch, das nicht für meine Ohren bestimmt war.

„Da lässt dich dieses undankbare Weib doch einfach auf der Tanzfläche stehen. Du hast mir so leidgetan in diesem Moment."

War das Andreas Stimme?

„Eigentlich hat sie mir leidgetan. Sandra hat den ganzen Abend abseits gestanden. Sie tanzt wirklich gut. Vielleicht war ich zu voreilig."

„Du willst doch wohl nicht ernsthaft etwas von ihr?"

„Solange sie hier arbeitet, habe ich keine Chance, das hat sie mir noch einmal klar gesagt."

„Na, dass sie hier keinen Fuß mehr auf den Boden bekommt, das werden wir doch gemeinsam hinbekommen, oder?"

Andreas Stimme hatte einen schmeichelnden Klang angenommen.

Ich hörte das Geräusch einer Tür, dann war es leise.

Durchatmend ließ ich mich gegen die Tür sinken, die mit einem leisen Klicken ins Schloss fiel. Alle Pläne, offensiv auf die Kolleginnen zuzugehen, waren in weite Ferne gerückt. Mühsam unterdrückte ich ein Zittern und versuchte dabei zu ergründen, ob es Wut oder Angst war, die mich beben ließ.

Nur mit großer Anstrengung konnte ich mich auf die Arbeit konzentrieren. Ich arbeitete die Mittagspause hindurch und holte mir nur einen Kaffee aus der Küche, sorgsam darauf bedacht, niemanden zu sehen. Von den Schläfen ausgehend machte sich zunächst ein Ziehen bemerkbar. Der Schmerz setzte sich fort und legte sich allmählich wie eine Klemme um meinen Kopf. Als ich die ersten Fehler in den Eingaben bemerkte, löschte ich mit zusammengekniffenen Augen die letzten Einträge und fuhr den Rechner herunter.

Beim Blick auf die Uhr sah ich, dass von meiner Arbeitszeit nur noch eine halbe Stunde blieb. Da die Kopfschmerzen immer stärker wurden, stand ich vorsichtig auf und zog mir die Regenjacke an. Die anderen Regensachen verstaute ich in der Tüte, die ich zu diesem Zweck bei mir hatte, und machte mich auf den Weg nach Hause. An den Weg hatte ich kaum Erinnerungen, als ich mein Rad in den Keller schob. Ich hatte nur noch ein Ziel: mein Bett.

Rucksack und Plastiktüte ließ ich im Flur schlicht fallen und schleppte mich ins Schlafzimmer. Die Jacke und die Schuhe streifte ich noch ab und ließ mich dann auf den Futon sinken.

Wie lange ich gedöst hatte, wusste ich nicht. Mein knurrender Magen ließ mich aufstehen und in die Küche wanken.

Vor dem Kühlschrank stehend, löffelte ich einen Joghurt und trank ein Glas Orangensaft, als es klingelte.

„Ja?" Meinen schmerzenden Kopf lehnte ich gegen die kalte Wand, während ich den Hörer der Gegensprechanlage an mein Ohr hielt.

„Hallo Sandra, ich bin's."

Eigentlich war mir nicht nach Besuch, aber nach dem Wochenende wollte ich Tobias nicht vor der Tür stehen lassen. Ich drückte den Türöffner.

Während ich darauf lauschte, wann er oben ankommen würde, fuhr ich mir mit der Hand über das Gesicht und durch die Haare. Autsch, das hätte ich lieber sein lassen sollen, die Berührung fachte den Schmerz zusätzlich an.

Als ich Schritte hörte, öffnete ich die Tür.

Tobias' Miene spiegelte, wie ich aussah, zumindest vermutete ich das. Sah ich wirklich so mitgenommen aus, dass sein Blick so besorgt war?

„Was hast du?" Vorsichtig blieb er vor mir stehen, ohne mich zu berühren.

„Kopfschmerzen." Ich trat zur Seite, um ihn einzulassen.

„Kann ich etwas für dich tun? Ist dein Nacken verspannt, hast du schon ein Schmerzmittel genommen?"

Eine Tablette ... Gute Idee! Dass ich darauf nicht selbst gekommen war. Ohne eine Antwort tastete ich mich zum Wandschrank. Hier musste doch irgendwo meine Hausapotheke stehen.

„Wie wäre es, wenn du dich hinlegst, und ich dir das Medikament bringe?"

Statt etwas zu sagen, räumte ich meinen Platz. Auch das Nicken sparte ich mir, als ich an ihm vorbei in mein Schlafzimmer schlurfte.

Kurze Zeit später hockte sich Tobias auf die Kante des Futons. In seiner Hand hielt er ein Glas mit sprudelnder Flüssigkeit.

Sachte strich er mir über die Wange. Das fühlte sich angenehm an. Seine Hand war kühl, und ich drückte meine Stirn dagegen.

„Was ist denn los?"

Mühsam sammelte ich meine Gedanken. Stockend erzählte ich von dem Gespräch, das ich mitgehört hatte, und davon, dass ich mich nicht zum Essen aus dem Büro getraut hatte.

„Dann bist du unterzuckert. Du brauchst etwas zu essen."

„Ich habe gerade einen Joghurt und einen Saft gehabt."

„Dann dauert es leider länger, bis das Mittel wirkt."

Er reichte mir das Glas und stützte mich, während ich trank. Erleichtert ließ ich mich gegen ihn sinken, vergrub meinen Kopf in seiner Halsbeuge. Der Gegendruck tat mir gut. Sein Geruch besänftigte meine Nerven und langsam wurde ich ruhiger.

Ich wusste nicht, wie lange er mich hielt. Ich merkte nur, wie verdammt gut es tat, dass er da war.

Allmählich wurde es besser. Auch Tobias bemerkte die Veränderung. Vorsichtig löste er sich von mir und schaute mir aufmerksam ins Gesicht.

„Auch wenn es gerade nicht gut passt, ich muss morgen für ein paar Tage nach Hamburg, Studioaufnahmen ... Ich hatte gehofft, dich beim Chor zu treffen, aber du warst nicht da. Ich habe mir Sorgen gemacht."

„Lieb von dir." Tapfer lächelte ich ihn an, obwohl ich gerade das Gefühl hatte, als zöge es mir den Boden unter den Füßen weg.

„Weißt du schon, wie lange du in Hamburg zu tun haben wirst?"

Er schüttelte bedauernd den Kopf.

„Kann ich dich allein lassen?"

„Klar, ich werde jetzt schlafen, dann geht es mir morgen bestimmt wieder besser." Lieber hätte ich mit ihm gekuschelt, aber Trüffel brauchte ihn, er konnte nicht hierbleiben, also fragte ich gar nicht erst.

Nach einem Kuss auf die Wange rückte Tobias von mir ab. „Dann werde ich dich jetzt mal schlafen lassen. Hast du eigentlich meine Handynummer?"

Ich runzelte die Stirn und versuchte mich zu erinnern.

„Mein Handy ist im Rucksack ..."

„Und der liegt im Flur, einen Moment", er holte ihn und hielt ihn mir hin, damit ich mein Smartphone suchen konnte. Ich gab es ihm, damit er mir seine Nummer eintragen konnte.

„Gute Besserung!" Noch einmal spürte ich seine Lippen auf meinen, dann stand er auf.

„Ich hoffe, du bist mir nicht böse, wenn ich dich nicht zur Tür begleite?"

„Natürlich nicht, schlaf gut!"

Am nächsten Morgen erwachte ich zwar nicht erfrischt, aber immerhin ohne Schmerzen. Die heiße Dusche entspannte meinen Nacken, sodass ich mich beim Frühstück endlich wieder wie ein Mensch fühlte. Kurz überlegte ich, ob ich mir ein Pausenbrot mitnehmen sollte, entschied mich dann aber dagegen. Das wäre ja noch schöner!

Kaum war ich im Büro, rief Frau Lensing mich zu sich.

„Wo waren Sie gestern?"

„Wieso? Ich habe ganz normal gearbeitet."

„Ich bekam einen Hinweis, Sie seien nicht in ihrem Büro, und so war es auch, als ich nachsah."

„Ich habe gestern von 7:30 Uhr bis 15:00 Uhr durchgearbeitet. Da ich starke Kopfschmerzen hatte, bin ich eine halbe Stunde eher nach Hause gegangen, die ich aber in der letzten Woche bereits mehr gearbeitet hatte."

„Sie haben keine Mittagspause gemacht?"

Sollte ich ihr von dem Gespräch erzählen, das ich mitgehört hatte?

„Nein, ich … wollte niemandem aus der Abteilung begegnen."

War das meine Stimme, die da gerade leise und verzagt verklang?

„Ich habe Ihnen schon einmal gesagt, dass das der falsche Weg ist. Sie müssen offensiv mit der Situation umgehen. Ihre Gegner tun genau das. Frau Vosskötter hat mich persönlich informiert, dass Sie nicht an Ihrem Arbeitsplatz seien."

Andrea also, ich biss mir auf die Lippen.

„Dieses Mal habe ich eine Abmahnung verhindern können. Informieren Sie mich in Zukunft, wenn Sie eher nach Hause gehen. Ich bin froh, dass alles seine Richtigkeit hat, aber ich bin nicht immer da, um Sie zu schützen."

Ich dankte ihr und begab mich wieder in mein Büro. Andrea meinte es also tatsächlich ernst.

Als es Zeit für die Mittagspause wurde, atmete ich tief durch, straffte meine Schultern und machte mich zur Kantine auf.

Das Getuschel hinter mir ignorierend, holte ich mir meinen Salat und setzte mich zwischen die Arbeiter. Es ergab sich sogar ein belangloser Smalltalk am Tisch, an dem ich teilhaben konnte.

Nach einem ruhigen Nachmittag kam ich zu meinem Fahrrad, konnte aber nicht losfahren. Beide Reifen waren platt, zerstochen, wie ich auf den zweiten Blick sah.

Ich biss die Zähne zusammen und schob meinen Drahtesel aus dem Fahrradständer, als wäre nichts geschehen. Statt zum Kanal bog ich zur Marktallee ab, zum nahegelegenen Fahrradhändler.

Martin kam mir in den Sinn, aber ich vertrieb sein Bild gleich wieder, um nicht in Tränen auszubrechen. Er hätte die Reifen sicher schnell reparieren können, aber bis zu ihm hätte ich es ja irgendwie transportieren müssen.

Vor dem Laden angekommen, atmete ich noch einmal tief durch und setzte ein Lächeln auf, nach dem mir gerade so gar nicht war.

„Ich komme gleich!"

Irgendwo aus der Werkstatt hörte ich eine Männerstimme, während ich wartete. Kurz darauf stand der zugehörige Mann neben mir.

„Ich habe einen Platten, naja, zwei."

Ich wies auf mein Rad. Der Mechaniker schaute auf die Reifen, dann sah er mich an.

„Da war wohl jemand ziemlich sauer auf Sie?"

Ich hielt seinem Blick stand, freundliche grau-blaue Augen in einem gebräunten Gesicht.

„Scheint so. Können Sie das bis morgen in Ordnung bringen?"

„Schläuche und Mäntel habe ich da, das kann ich auch gleich erledigen, wenn Sie eine halbe Stunde Zeit haben."

Abwartend schaute er mich an.

Erleichtert nahm ich sein Angebot an. Ich würde zwar später nach Hause kommen, konnte aber selbst fahren und sparte mir damit zwei Busfahrten. „Gern."

„Wenn Sie mögen", sagte er noch über die Schulter, während er mein Rad nach hinten schob, „in der Maschine ist frischer Kaffee. Tassen stehen daneben, Milch und Zucker auch."

Unwillkürlich musste ich grinsen. Es gab also auch noch nette Menschen auf dieser Welt.

„Vielen Dank!" Ich sah mich im Laden um.

Obwohl das Aussehen meines Rades die beste Versicherung gegen Diebstahl war, überlegte ich schon seit Längerem, mir einen neuen Drahtesel zuzulegen. Als ich die angebotenen Treckingräder und Citybikes gesichtet hatte, war auch die Tasse leer, und ich schaute nach, ob die Reparatur meines Rades inzwischen Fortschritte gemacht hatte. Erfreut sah ich, dass gerade die letzte Mutter angezogen wurde.

„So, fertig. Ich hoffe, der Kaffee hat geschmeckt?"

„Danke, sehr gut. Ich hätte nicht im Traum daran gedacht, dass das Rad heute noch fertig werden könnte. Vielen Dank!"

Er schob das Rad um die Theke herum und wandte sich dem Rechner zu. „Zwei Mäntel, zwei Schläuche ... Brauchen Sie sonst noch etwas?"

„Sie haben etwas vergessen." Lächelnd stellte ich ihm die leere Tasse auf den Tresen.

„Geht aufs Haus." Wieder bekam ich sein sympathisches Lächeln zu sehen.

„Sind Sie öfter in der Gegend?"

„Vielleicht komme ich noch einmal wieder, um mir ein neues Rad zu kaufen. Aber da ist die letzte Entscheidung noch nicht gefallen." Ich erzählte ihm nicht, dass ich mir gerade überlegt hatte, mich mit einem neuen Rad zu beglücken, falls die betrieblichen Probleme eines Tages vorüber sein würden. Außerdem, so nett und sympathisch er mir erschien, an Tobias kam er nicht heran.

Er nannte mir den Preis und bekam von mir für den schnellen und umfassenden Service einen stark aufgerundeten Betrag übergeben.

Erleichtert fuhr ich nach Hause und wie immer war ich beim Weg in den Fahrradkeller deutlich entspannter. Die Bewegung an der frischen Luft half immer.

Tobias hatte mir auf dem Anrufbeantworter eine Nachricht hinterlassen. Die Aufnahmen zogen sich hin, ob er zum Wochenende wieder zurück sein würde, stand in den Sternen.

Schade.

Nach einem ereignislosen Tag im Büro bekam ich am Donnerstag Besuch von unserer Auszubildenden.

„Frau Feder, Sie werden zum Gespräch erwartet."

„Was für ein Gespräch?"

„Sie müssen die Rundmail doch bekommen haben, dass Ihre Präsentation vorverlegt wurde."

Mir wurde heiß und kalt. Konnte ich so eine Mail tatsächlich übersehen haben? Blitzschnell checkte ich mein Postfach, wie ich es jeden Morgen machte, bevor es im Hintergrund mitlief, und mich auf jede eingehende Mail aufmerksam machte. Nichts.

Die Präsentation war ... naja, grob überlegt. Ich hatte noch nicht alle Grafiken fertig, daran arbeitete ich gerade. Also zog ich mir den Dateiordner auf einen Stick und stand auf. Nur nichts anmerken lassen.

Im Besprechungsraum saßen alle Kolleginnen des Großraumbüros mit Frau Lensing am Tisch und hoben die Köpfe, als ich eintrat.

„Da sind Sie ja", sagte sie. „Ich dachte schon, Sie hätten den Termin verschwitzt, da Sie ihn doch selbst verlegt haben."

Wie bitte? Ich hatte den Termin verlegt?

„Ich verstehe nicht." Verdammt, wollte ich das jetzt hier vor allen diskutieren? Mein flüchtiger Blick zu Andrea zeigte mir ein verhalten schadenfrohes Gesicht. Ich biss mir auf die Zunge und lächelte. Gleichzeitig hoffte ich, dass ich überzeugend wirkte.

„Nur einen kleinen Augenblick, es kann sofort losgehen." Während ich redete, öffnete ich die Datei auf dem Laptop und kontrollierte kurz den Beamer, ob die erste Grafik richtig dargestellt wurde.

„Wie vereinbart, möchte ich Ihnen und euch einige Unterschiede in der Lohnbuchhaltung zwischen dem hier verwendeten System und einem Programm, mit dem ich in der Vergangenheit gearbeitet habe, verdeutlichen ..." Während ich meinen Text abspulte, schaute ich zunächst in die Gesichter der Kolleginnen. Alle Mienen waren ernst, ich erntete kein einziges Lächeln. Gleichzeitig wurde ich immer nervöser, weil ich dem Einsatz der letzten vorbereiteten Grafik näherkam.

Gab es hier etwas zu trinken?

Ich fühlte mich wie eine Verdurstende. Kein freundlicher Blick, kein Nicken, ja, nicht einmal eine erkennbare Reaktion wurde mir gegönnt. Unsicher schaute ich zu Frau Lensing hinüber, die aber gerade in die letzte Grafik vertieft war.

Also sprach ich weiter, als sich hinten am Tisch Andrea räusperte.

„Könntest du bitte die nächste Grafik zeigen?" Zuckersüß klang ihre Stimme, während sie mich unschuldig anschaute.

Auch Frau Lensing wandte sich mir mit fragendem Blick zu.

„Nein. Mir fehlen die letzten vier Bilder, daher muss ich die Fakten frei referieren. Ich werde die Übersichten natürlich zum Nachlesen in die Mappen einfügen, die jeder erhält."

Frau Lensing runzelte die Stirn, nickte aber dann bedächtig, und ich redete weiter.

Am Ende angekommen, gab es keine Nachfragen, nur den Kommentar, ohne die Tabellen hätte man dem letzten Teil nur schwer folgen können. Die Versammlung löste sich auf.

„Frau Feder, wenn Sie die Präsentation nicht fertig hatten, verstehe ich nicht, dass sie mit Nachdruck darum gebeten haben, die Besprechung vorzuverlegen."

Auch auf die Gefahr hin, mich lächerlich zu machen, wartete ich, bis auch die letzte Kollegin gegangen war.

„Frau Lensing, ich wusste nichts von einer vorverlegten Besprechung, bis Frau Rengers mich geholt hat."

Ängstlich beobachtete ich ihre Reaktion. Ob sie mir glaubte?

„Haben Sie eine Erklärung dafür, dass alle anderen eine Rundmail von Ihnen bekommen haben?"

„Nein, die habe ich nicht."

Äußerlich gelassen hielt ich ihrem kritischen Blick stand.

„Dann geht es inzwischen über Bürotratsch hinaus?"

„Eindeutig ja. Vorgestern waren die Reifen an meinem Rad durchstochen, und den Vorfall vom Montag hatten wir ja bereits besprochen."

„Die Bandagen werden also härter. Haben Sie einen Verdacht, wer die treibende Kraft ist?"

„Ich möchte niemanden vorschnell beschuldigen …"

„Von vorschnell kann hier keine Rede sein. Das Problem muss gelöst werden. Sie sehen aus wie Ihr eigener Schatten, und Probleme dieser Art behindern die Arbeit in der Abteilung. Damit wird es auch zu meinem Problem. Na?"

Zögernd berichtete ich ihr von dem Gespräch, das ich am Montag mitgehört hatte.

„Andrea Vosskötter also." Nachdenklich blickte sie vor sich hin.

Plötzlich stand sie auf und ging zur Tür. Erschrocken blickte ich ihr hinterher.

„Ich werde das im Auge behalten, aber, wenn Sie einverstanden sind, noch nichts unternehmen."

Über die Schulter blickend wartete sie mein Nicken ab und verließ den Raum.

Langsam räumte ich den Beamer und den Laptop zusammen. War es richtig gewesen, so offen mit einer Vorgesetzten zu sprechen? Würde ich als Grund des Zwistes gehen müssen? Vielleicht sollte ich mich schon einmal mit den Stellenanzeigen auseinandersetzen?

Das Mittagessen verbrachte ich wieder in dem Bereich, wo die Arbeiter saßen. Hier kannte mich zumindest niemand.

Abends am Fahrradständer hatte ich ein Déjà-vu. Der Plan, mich heute auflaufen zu lassen, schien nicht aufgegangen zu sein. Wieder schob ich mein Rad zum Händler, allerdings schoss ich dieses Mal vorher mehrere Fotos von den zerstochenen Reifen. Dass ich am Dienstag nicht daran gedacht hatte.

Im Laden stand dieses Mal ein anderer junger Mann.

„Kann ich Ihnen helfen?"

„Ja, ich brauche zwei neue Schläuche und Mäntel. Wie lange dauert die Reparatur?"

„Da muss ich den Chef fragen." Er hatte einen kritischen Blick auf das Rad geworfen, dann auf mich, bevor er sich abwandte.

Kurz darauf betrat der mir bekannte Mechaniker den Laden.

„Schon wieder?"

„Ja. Ich kann wohl kaum erwarten, dass Sie noch einmal so prompt Zeit haben ...?"

Er erwiderte mein Lächeln.

„Leider nein, aber bis morgen Abend kann ich das Rad richten."

Also fuhr ich mit dem ungeliebten Bus nach Hause und am Freitagmorgen ins Werk. Die fehlende Bewegung schürte meine Unruhe.

Erleichtert startete ich am Abend mit meinem Rad ins Wochenende, vor mir lagen zwei Tage ohne Büro, leider auch ohne Tobias. Unterwegs überlegte ich, was ich mir gönnen würde.

Da gab es den geplanten Bummel über den Markt, vielleicht sollte ich mal wieder shoppen gehen? Den letzten Gedanken verwarf ich wieder. Mit meiner momentanen Laune würde ich ohnehin nicht die passenden Sachen finden.

Familientreffen

Am späten Samstagmorgen, ich war gerade vom Markt zurück, hatte ich eine Nachricht meiner Eltern auf dem Anrufbeantworter. Sie waren heute in Münster und wollten zum Kaffee kommen.

Also überprüfte ich meine Vorräte und war kurz darauf wieder unterwegs, um Kuchen zu besorgen. Kaum zu Hause flitzte ich noch einmal mit Staubsauger und Feudel durch die Räume und polierte das Bad. Als ich fertig war, reichte die Zeit gerade noch, um mich umzuziehen.

Ich stand noch im Schlafzimmer, als es klingelte.

Noch einmal tief durchatmen, lächeln, und dann betätigte ich den Summer. Gleichzeitig öffnete ich die Wohnungstür und wurde von meiner Schwester Ela überrascht, die mich stürmisch umarmte.

„Überraschung! Dein Vermieter war so nett, uns hereinzulassen."

Tatsächlich stand Herr Pohlmann etwas verlegen hinter ihr, wartete jedoch ab, bis ich meine Eltern begrüßt und hereingebeten hatte, bevor er sich räusperte.

„Frau Feder, es ist leider ein ungünstiger Zeitpunkt, aber ich möchte Ihnen trotzdem gern persönlich diesen Brief übergeben." Er zögerte noch einmal. „Mein Sohn zieht zurück nach Münster. Da Sie als Letzte hier eingezogen sind und auch flexibler als die älteren Mitbewohner des Hauses sind, habe ich mich nach langem Abwägen dazu entschlossen, Ihnen die Kündigung auszusprechen. Anders als im Mietvertrag vereinbart, räume ich Ihnen eine Frist von einem halben Jahr ein, damit Sie in Ruhe nach einer neuen

Wohnung suchen können. Ich habe mir die Entscheidung nicht leichtgemacht, denke aber, dass Sie damit noch am ehesten umgehen können."

Eine lange Rede, deren Sinn ich nicht begreifen wollte. Mechanisch nahm ich den Brief in Empfang und nickte ihm zu.

„Dann will ich nicht länger stören, Sie haben ja Besuch."

Mit diesen Worten drehte er sich herum und stieg die Treppe hinunter.

Ich schaute ihm einen Moment nach, bevor ich hineinging und die Tür schloss. Den Brief hängte ich an meine Pinnwand, zwei Magnete waren nötig, um ihn festzuhalten.

„Kind, schön hast du es hier!" Meine Mutter hatte sich in Ruhe umgeschaut und wandte sich mir zu. „Dein Vermieter ist nett, da hast du wirklich Glück gehabt!"

Ich lächelte ihr zu und verdrängte, was ich gerade gehört hatte.

„Ihr trinkt alle Kaffee, nicht wahr?"

Forsch machte ich mich daran, den Kaffee aufzusetzen, und bat Ela, schon einmal den Tisch zu decken.

Während ich den Kuchen arrangierte, klingelte es ein zweites Mal.

„Ich geh' schon." Ela flitzte zur Tür, bevor ich etwas sagen konnte.

Ich stand derweil meinen Eltern bei ihren üblichen Nachfragen Rede und Antwort. Ja, ich aß regelmäßig in der Kantine; ja, ich fuhr immer noch mit dem Rad; nein, ich wollte mir kein Auto kaufen, und so weiter.

Als ich den Kaffee auf den Tisch stellte, stand plötzlich Tobias in der Tür.

„Ich stelle noch ein Gedeck auf den Tisch." Ela hatte ihn offensichtlich hereingelassen und freute sich sichtlich über die Gelegenheit, ihn kennenzulernen.

„Hallo Tobias." Ich musste mich höllisch zusammenreißen. War es vorhin nur die Kündigung gewesen, die ich aus meinen Gedanken hatte ausklammern müssen, um mich nicht zu verplappern, so wusste ich plötzlich nicht, was sich sagen sollte. Wie sollte ich ihn meinen Eltern vorstellen? Ich fand es viel zu früh für ein Zusammentreffen .

„Du trinkst doch einen Kaffee mit uns?" Elas Stimme riss mich aus meiner Erstarrung.

„Gern." Falls er gemerkt hatte, wie entsetzt ich war, ihn ausgerechnet jetzt und hier zu sehen, spielte er erstaunlich gelassen mit.

„Darf ich euch Tobias Katzlowski vorstellen? Tobias, das sind meine Eltern." Man schüttelte einander die Hände, und ich betete, dass niemandem auffallen möge, dass ich jegliche Umschreibung seiner Person ausgelassen hatte.

Ich servierte den Kaffee und fühlte mich wie unter Starkstrom. Den Wunsch, Tobias in die Arme zu nehmen, nein, von ihm in den Arm genommen zu werden, verdrängte ich, und bat ihn mit meinem Blick um Verzeihung. Ich fühlte mich eindeutig überfordert.

„Wie läuft denn das Chorprojekt?" Wieder war es Ela, die die Regie übernahm.

Tobias und ich berichteten abwechselnd von unseren Proben und der Fortsetzung nach dem ersten erfolgreichen Auftritt.

„Dann sind Sie Berufsmusiker?" Mein Vater mischte sich zum ersten Mal ins Gespräch.

„Ja, ich unterrichte und spiele selbst."

„Tobias hat ein wunderschönes kleines Haus direkt am Kanal." Verdammt, warum erzählte ich das denn jetzt? Ich ertappte mich dabei, wie ich verhindern wollte, dass Papa ihn unter erfolgloser Lebenskünstler eingruppierte. Aber wie wirkte das denn? Meine Mutter hatte Lunte gerochen. Ihr Blick, der zwischen Tobias und mir hin und her wanderte, hatte sich verändert.

Vielleicht spielte mir aber auch mein Unterbewusstes einen Streich, da ich bald eine neue Bleibe brauchen würde.

„Möchte noch jemand Kaffee?"

Ein billiges Ablenkungsmanöver, aber vielleicht klappte es ja.

Mein Vater ging darauf ein, und ich bekam eine kleine Verschnaufpause in der Küche.

Als ich mich wieder zum Tisch drehte, sah ich, wie Ela und Mama Tobias belauerten.

Trotzdem war es mein Vater, der den Bogen überspannte.

„Sag mal, Sandra ...", fragte er und wischte sich über seinen Mund, an dem noch ein Kuchenkrümel hängengeblieben war, „Was war eigentlich mit dem verhinderten Anschlag auf das Münsteraner Werk von Chem-Industries? Du weißt doch sicher Genaueres."

Innerlich erstarrt überlegte ich fieberhaft, was ich ihnen erzählen konnte.

„Papa, Sandra arbeitet doch nur in der Entgeltstelle, wie soll sie da etwas wissen?"

Netter Versuch, aber jetzt waren auch bei meinem Vater die Warnleuchten angegangen. Beide starrten mich mit diesem Blick an, den ich früher schon gehasst hatte, der zu sagen schien: „Kind, du kannst ruhig alles zugeben, wir wissen sowieso, was du verbockt hast."

Meine Nerven flatterten inzwischen.

Prompt rutschte mir die Kaffeekanne aus der Hand und zerschellte in tausend Scherben. Mit einem kräftigen Fluch ging ich in die Hocke, um die größten Stücke einzusammeln.

Autsch! Auch das noch! Instinktiv steckte ich mir den Finger in den Mund. Als ich ihn mir anschaute, quoll Blut aus dem Schnitt.

Vorsichtig stand ich auf und wickelte einige Meter von der Küchenrolle ab. Damit wischte ich den Kaffee auf und trug die Scherben zusammen.

Für einen Moment hatte ich meine Familie hinter mir vergessen.

„Wo hast du denn deinen Staubsauger?"

Beim Klang von Elas Stimme zuckte ich zusammen.

„Im Wandschrank, wenn du in den Flur kommst, direkt links."

Während ich es dankbar meiner Schwester überließ, die restlichen Minischerben wegzusaugen, kramte ich nach einem Pflaster für meinen Finger.

Kaum war Ela fertig, griff ich zur Macchinetta, um für meinen Vater einen weiteren Kaffee zu machen, und auch diese fiel mir aus den Händen und landete laut scheppernd auf den Fliesen.

Heute war einfach nicht mein Tag.

„Kind, was ist mit dir los? Ich merke schon die ganze Zeit, dass du uns etwas verschweigst."

Wie ich diesen Ton meiner Mutter hasste! Augenblicklich ließ er mich wieder zum kleinen Mädchen mutieren, das nichts allein geregelt bekam.

„Wenn ihr es genau wissen wollt, stehe ich immer noch unter dem Verdacht, den Tätern den Zugang zum Werk ermöglicht zu haben."

Da war sie, die Bombe. Alle schwiegen, man hätte selbst auf dem Teppichboden eine Nadel fallen hören.

Papa fasste sich als Erstes.

„Hat man dir gekündigt?"

„Nein." Ich fasste kurz zusammen, wie der Stand der Dinge war. „Inzwischen geht man davon aus, dass es höchstens Fahrlässigkeit war. Daher darf ich wieder arbeiten, allerdings begegnen mir die Kolleginnen mit der entsprechenden Reserviertheit."

„Ich würde es Mobbing nennen."

Zum ersten Mal schaltete sich Tobias ins Gespräch ein.

„Mobbing?" Drei Augenpaare musterten mich besorgt.

„Naja, unterschlagene Informationen, zerstochene Reifen ... Angefangen hat alles damit, dass mich die Kolleginnen der Abteilung geschnitten haben. Heute, nein, gerade eben hat Herr Pohlmann mir die Kündigung wegen Eigenbedarfs überbracht. Vielleicht ist das ein Wink des Schicksals, der mir sagen soll, dass ich hier unerwünscht bin. Vielleicht sollte ich einfach kündigen und wegziehen, irgendwohin, wo mich niemand kennt."

Mein Finger pochte, ich stand an die Spüle gelehnt und hatte die Augen geschlossen. Jeder Atemzug kostete mich eine enorme Anstrengung. Immerhin drängte ich meine Tränen erfolgreich zurück.

„Ich glaube, ich gehe jetzt besser. Das scheint mir eine familiäre Angelegenheit zu sein." Tobias klang so ruhig. Er ging?

Als ich die Augen aufriss, sah ich ihn schon nicht mehr. Ich stürzte hinterher in den Flur und erreichte ihn an der Wohnungstür.

„Bist du heute Abend zu Hause?"

Er drehte sich nicht einmal um. „Vielleicht."

Es war definitiv nicht mein Tag. Ich lehnte an der Wohnungstür und betrachtete im Geiste die Scherben meines Lebens.

Nach einem tiefen Atemzug machte ich mich auf den Weg zurück ins Wohnzimmer.

Ich setzte mich und wartete auf das Unvermeidliche. Aber meine Eltern überraschten mich.

„Warum hast du vorher nichts gesagt? Es muss doch furchtbar schwer für dich sein, das allein durchzustehen."

„Ich wusste Bescheid." Ganz ruhig sagte Ela diesen Satz.

Statt aufzubrausen, schauten meine Eltern sie an und nickten.

„Gut." Mama sprach aus, was beide anscheinend dachten, so, wie sie mich anschauten. „Unterstützt dich Herr Katzlowski?"

Plötzlich war mein Hals wie zugeschnürt. Ich zuckte mit den Schultern, sprechen konnte ich nicht.

Als Ela mir die Hand auf den Arm legte, war meine Selbstbeherrschung dahin. Die Tränen, die heute immer wieder in meine Augen hatten steigen wollen, bahnten sich ihren Weg.

„Du solltest zu ihm fahren. Ich räume hier noch auf, schließlich habe ich Tobias und dich in diese blöde Situation gebracht."

„Ich kann euch doch hier nicht allein sitzen lassen."

„Doch, das kannst du." Ausgerechnet meine Mutter, die sonst so großen Wert auf Konventionen legte, sagte das.

„Nun geh schon!" Hatte mein Vater das wirklich gesagt?

Ela lachte. „Du solltest dein Gesicht sehen. Ich mache uns noch einen Kaffee, dann spülen wir ab und ich werfe dir deinen Schlüssel in den Briefkasten." Sie wusste, dass ich großen Wert darauf legte, meine Wohnung immer abgeschlossen zu wissen.

Nach einem kurzen Blick in die Runde hielt mich nichts mehr auf meinem Platz. Im Bad wusch ich mir mit kaltem Wasser mein Gesicht. Er mochte mich ja ungeschminkt. Oder war auch das vorbei?

Den Zweitschlüssel legte ich auf den Tisch und umarmte jeden zum Abschied.

„Danke." Mehr brachte ich nicht heraus und flüchtete fast aus der Wohnung.

Es könnte so einfach sein

Nach kurzer Fahrt stand ich vor dem kleinen Backsteinhaus am Kanal. Sorgfältig schloss ich mein Rad ab und verschaffte mir so eine kleine Verschnaufpause. Zögernd stieg ich die Stufen zur Haustür hinauf und drückte auf den Klingelknopf.

Zunächst blieb alles still, auch Trüffel schlug nicht an. Aber dann hörte ich eine Tür und kurz darauf Schnüffelgeräusche. Gedämpft ertönte Tobias' Befehl: „Trüffel, auf deinen Platz."

Dann öffnete sich die Tür, und er stand vor mir.

„Ja?"

Einen Moment schaute ich ihn nur an, dann riss ich mich zusammen; heute musste ich über meinen Schatten springen, das spürte ich.

„Tobias, es tut mir leid." Mehr brachte ich nicht heraus. Meine Kehle war wie zugeschnürt. Was sollte ich ihm denn auch sagen?

Nach unendlich langen Minuten holte er bedächtig Luft. „Wann wolltest du mir mitteilen, dass du Münster verlässt?"

Er sprach ruhig, aber ich hörte trotzdem, wie sehr es ihn verletzt hatte, ich ihn verletzt hatte.

„Du warst nicht da und ich wollte dir keine SMS darüber schreiben, dass die Situation in der Firma sich verschärft hat, die Kündigung für die Wohnung habe ich heute Mittag erhalten, als meine Eltern angekommen sind." Atemlos stieß ich die Informationen aus, um ja nicht den Faden zu verlieren, nicht wieder in Schweigen zu verfallen. „Ich hatte selbst noch gar keine Zeit, darüber nachzudenken. Als Ela dich dann hereingelassen hat, war ich einfach überfordert. Ich wusste nicht, wie ich dich vorstellen sollte, was ich meinen Eltern erzählen sollte. Wir haben eher ein distanziertes Verhältnis ..."

Ich brach ab, kam mir plötzlich unglaublich dumm vor.

„Vielleicht sollte ich besser gehen. Ich habe heute schon genug kaputtgemacht."

Müde drehte ich mich um und stieg die Stufen vor seiner Haustür hinunter.

„Sandra."

Es war kein Ruf, er sagte ganz leise meinen Namen.

Ich blieb stehen, drehte mich aber nicht um, irgendwo zwischen Hoffen und Resignation.

Dann spürte ich ihn hinter mir. Zögernd erst seine Hand auf meiner Schulter, aber als ich meinen Kopf leicht bewegte, schlangen sich fest beide Arme um mich. Er legte sein Kinn auf meine Schulter, und ich lehnte meinen Kopf an ihn, spürte seine Wange an meiner.

„Wie wäre es, wenn du drinnen in Ruhe erzählst, was passiert ist?"

Das leichte Nicken musste er gespürt haben.

„Komm." Er löste einen Arm und führte mich behutsam zum Haus, den anderen Arm jetzt um meine Schulter gelegt, unsere Köpfe immer noch dicht beieinander.

„Möchtest du etwas trinken?"

Als ich nickte, küsste er meine Schläfe und deutete auf das Sofa. „Ich bin sofort wieder da."

Es dauerte wirklich nicht lange, bis er sich mit einer Weinflasche und zwei Gläsern zu mir setzte.

Wir tranken einen Schluck, und zögernd begann ich zu berichten. Von meinem Vorhaben, offensiv auf die Kolleginnen zuzugehen, dem belauschten Gespräch, den Reifen, dann von meiner Familie, der offenen Ela, die mir immer mit Rat und Tat zu Seite gestanden hatte, und dem schwierigen Verhältnis zu meinen Eltern. „Immer habe ich das Gefühl, dass ich ihren Erwartungen nicht gerecht werde. Meine letzte Stelle habe ich gekündigt, um hier Karriere zu machen, und last, but not least bin ich mit Mitte dreißig nicht verheiratet."

„Das klingt doch eigentlich ganz normal", fasste Tobias zusammen, als ich eine Weile geschwiegen hatte.

Ich musste ihn sehr überrascht angeschaut haben. „Das mit deinen Eltern, meine ich. Ich habe mit meinen Eltern auch wenig besprochen, wollte ihnen zeigen, dass ich allein zurechtkomme. Wenn ich Probleme hatte, bin ich zu Oma gegangen oder habe nächtelang mit Martin diskutiert."

Während er nachdenklich von seinem Wein trank, stiegen mir die Tränen in die Augen. Die Menschen, denen er sich anvertraut hatte, waren tot, und ich jammerte hier herum.

„Es tut mir leid."

Eigentlich wollte ich ihm gern sagen, dass er mit mir reden solle, aber wieder saß da dieser Kloß in meinem Hals.

Energisch stellte er sein Weinglas auf den Tisch.

„Du weißt, dass ich vermiete, weil ich meine Nebenkosten abdecken muss. Willst du dir die Zimmer nicht wenigstens anschauen?"

„Das Zimmer, in dem Alex gewohnt hat?"

„Alex und Michael, Tom aus England, Jacques, Estelle, ... ich kann dir die Unterlagen zeigen. Über die Mitwohnzentrale habe ich im Lauf der Jahre einige interessante Menschen hier gehabt."

Zögernd nickte ich.

Auf dem Weg nach oben war ich mir nicht mehr sicher, ob die Entscheidung gut war. Da war das Musikzimmer, das mich an den Geburtstag erinnerte, das Schlafzimmer von Tobias, und dann stand ich in dem Zimmer, das - nun kahl - wenig an Alex erinnerte. Einzig das Schlafsofa und das Regal erkannte ich wieder.

„Das Sofa wollte ich bei nächster Gelegenheit entsorgen", riss er mich aus meinen Gedanken. Ertappt starrte ich ihn an.

„Hier ist noch ein zweites Zimmer, das ich bisher nie mitvermietet habe." Er zog seinen Schlüsselbund aus der Hosentasche und sperrte eine unscheinbare Tür auf. Da sie tapeziert war, hatte ich sie nicht wahrgenommen.

„Das war das Schlafzimmer meiner Großmutter."

Er führte mich in einen vollkommen leeren Raum. Außer einem wunderschönen Teppich und einer freundlichen, modernen Tapete sah ich nur das Giebelfenster.

„Die antiken Möbel wollten meine Eltern haben. Deswegen ist es hier so leer."

Staunend stand ich im Raum und fühlte mich willkommen. Ich war irritiert über diese Empfindung. Ich glaubte nicht an Geister, oder doch?

Tobias war zum Fenster weitergegangen und öffnete es.

„Schau dir mal die Aussicht an."

Mit einer einladenden Geste zeigte er nach draußen, von wo das Zwitschern eines Vogels hereindrang. Leise hörte ich ein Schiff auf dem Kanal vorbeifahren, das Tuckern des Motors und sogar das leise Plätschern der Wellen an den Spuntwänden.

Vom Fenster aus sah ich in seinen Garten, genau auf die Bank, auf der ich an seinem Geburtstag gesessen hatte. Auch den Kanal konnte ich sehen, einen Lastkahn, der sich langsam entfernte.

„Hier hat sie oft gesessen, den Sonnenschein genossen und den Schiffen nachgeschaut. In den letzten Wochen ihres Lebens kam sie kaum noch die Treppe runter."

„Erzählst du mir von ihr?"

Er schaute mich an, und mir fiel auf, wie viel wir an diesem Abend geredet hatten und wie leicht es mir gefallen war.

„Gern." Einen Moment schaute er in das Zimmer, dann lehnte er sich an die Fensterbank, saß fast darauf, während ich weiter die Aussicht genoss. „Schon als Kind war ich in den Ferien immer hier. Meine Mutter war berufstätig, und in den Ferien hatte sie keine Möglichkeit, sich tagsüber um mich zu kümmern. Hier habe ich Radfahren gelernt, mein erstes Feuer gemacht, Kirschen gepflückt, auch im Garten nebenan. Als der Nachbar mich erwischte, hat Oma das irgendwie wieder geradegebogen. Sie war immer da, hatte immer Zeit für ihren einzigen Enkel. Meinen Großvater habe ich nie kennengelernt. Er ist im Krieg gefallen. Hier ist also auch meine Mutter aufgewachsen, aber sie hat wohl keine guten Erinnerungen an das Haus. Was zwischen den beiden vorgefallen ist, habe ich nie erfahren. Als Kind wurde ich hier abgegeben und nach den Ferien wieder abgeholt. Es gab keine gemeinsamen Aktivitäten. Schließlich ist Oma mit über achtzig Jahren beim Pflaumenpflücken von der Leiter gefallen und hat sich den Oberschenkelhals gebrochen. Krankenhaus, Reha, und dann hat sie das letzte halbe Jahr hier oben verbracht. Die Tapeten hat sie noch ausgesucht, aber inzwischen könnte ich mir vorstellen, dass die Wände gestrichen oder neu tapeziert werden sollten."

„Es sieht schön aus."

„Dann gefällt dir der Raum?"

„Ist sie hier gestorben?"

Stirnrunzeln. Anscheinend überlegte er, wie ich die nächsten Worte aufnehmen würde.

„Ja, eingeschlafen und nicht mehr aufgewacht."

Er beobachtete mich, meine Reaktion. Machte es mir etwas aus?

Irgendwie spürte ich diese Nähe, die Ruhe, die dieser Raum ausstrahlte, oder fühlte ich mich nur durch die Tatsache geschmeichelt, dass er nur mich mit hierhergenommen hatte?

„Könntest du dir vorstellen, hier zu leben?"

„Ich weiß nicht, es ist alles noch so frisch, so neu. Wenn ... das mit uns schiefgeht und ich dann hier sein sollte ..."

„Was ist, wenn es funktioniert?"

„Dann können wir später immer noch zusammenziehen."

„Zum Glück brauchst du dich ja nicht heute zu entscheiden. Aber du weißt nun, wofür du dich entscheiden würdest."

Seine Geste umfasste das Zimmer und auch den Vorraum. Ich konnte ein Schlaf- und ein Wohnzimmer haben, so wie jetzt. Die Küche würden wir uns teilen, wie es in jeder WG üblich war.

„Du kannst auch gern mal probeschlafen." Mit einem hintergründigen Grinsen drehte er sich zu mir um.

„Das habe ich ja schon."

„Naja, da waren die Bedingungen aber doch andere, oder? Erst jetzt kennst du das ganze Angebot."

„Ach, tue ich das?"

Langsam ging ich auf ihn zu, versank währenddessen in seinen Augen.

Er blieb stehen, rührte sich nicht vom Fleck, streckte mir nicht einmal seine Hände entgegen.

„Was ist?" Plötzlich wieder unsicher verlangsamte ich meine Schritte.

„Meine Einladung steht. Jetzt ist nur noch die Frage, ob du annimmst."

Einen Moment schaute ich ihn nachdenklich an. „Die Frage, ob ich hier einziehe, möchte ich noch vertagen. Die Einladung zum Probeschlafen hingegen erwäge ich ernsthaft anzunehmen."

Nun ging ich bewusst die letzten zwei Schritte auf ihn zu und blieb unmittelbar vor ihm stehen. Ich merkte, wie schwer es ihm fiel, seine Hände stillzuhalten. Mein Herz machte einen Sprung. Auch ich verschränkte meine Hände hinter dem Körper und reizte ihn zu einer Aktion, indem ich einfach vor ihm stand. Ich spürte die Wärme, die er ausstrahlte, seinen Atem auf meinem Gesicht. In Zeitlupentempo stellte ich mich auf die Zehenspitzen und näherte mich langsam seinem Gesicht. Ich spürte seine Wärme, bevor ich seine Haut spürte. Ganz leicht war mein Kuss.

Noch immer passierte nichts. Entmutigt ließ ich mich wieder auf die Fersen sinken.

„Ich möchte nichts falsch machen."

Unsicher, innerlich erstarrt stand ich vor ihm, unfähig, etwas zu tun oder zu sagen, unfähig, in sein Gesicht zu blicken.

„Hattest du vor einer Woche das Gefühl, dass du etwas falsch gemacht hast?"

Sein warmer Ton ließ mich aufschauen, ernst und mitfühlend schaute er mich an.

„Ich hoffe nicht." Unter seinem Blick fühlte ich mich noch kleiner. Warum schaute er mich nur an, warum übernahm er nicht die Regie, wie er das letzten Samstag gemacht hatte? Da war alles viel einfacher gewesen. Lag es doch an mir?

„Was macht dich so unsicher?" Er beobachtete mich. Unter seinem Blick wurde mir heiß. Ich fühlte, wie mir der Schweiß ausbrach, und murmelte etwas von „schlechten Erfahrungen".

Endlich bewegte er sich, hob die Hände und zog mich an sich. Während sich seine Arme warm und schützend um mich schlossen, legte ich meinen Kopf an seine Schulter.

„Was für schlechte Erfahrungen?"

Er hatte mich also doch gehört. Ich seufzte, mochte mich eigentlich lieber nicht daran erinnern, aber er hatte eine Antwort verdient.

„Es ist schon einige Jahre her, aber ich hatte mal einen Freund, der mir vorgeworfen hat, ich sei im Bett eine Niete."

Ich versteckte mein Gesicht an seiner Schulter, wartete atemlos, wie er auf diese Beichte reagierte.

Statt etwas zu sagen, drückte er mich fest an sich. Vielleicht überlegte er ja auch nur, was er jetzt sagen solle? Ich spürte, wie er den Kopf schüttelte.

„Habe ich dir das Gefühl gegeben, nicht genug zu sein?"

„Ich weiß ja, dass ich nicht viel zu bieten habe. Das brauchst du mir nicht zu sagen."

Wieder spürte ich sein Kopfschütteln, dann schob er mich von sich und schaute mir prüfend ins Gesicht.

„Das meinst du nicht ernst, oder?"

Ich traute mich nicht, ihm in die Augen zu schauen. Trotzdem merkte er, dass es mir ernst war. Gleichzeitig wartete ich atemlos auf Widerspruch. War er auch der Meinung? War er vielleicht doch anders?

Sanft legte er mir seinen Zeigefinger unter das Kinn und hob meinen Kopf an.

„Weißt du eigentlich, wie wunderschön deine Augen sind? Tiefblau und ein Spiegel deiner Gefühle. Jetzt sehe ich deine Angst, aber in der letzten Woche waren sie noch dunkler und spiegelten dein Begehren wieder. Als du vor meiner Tür standest, habe ich sofort gesehen, worauf du aus warst."

Mein Gesicht wurde augenblicklich heiß.

„Wie gesagt: Ich mag es, wenn Frauen wissen, was sie wollen."

Wenn sie sich dir an den Hals werfen. Kurz blickte ich ihn an und wollte mich abwenden, aber er hinderte mich daran. Kühl lagen seine Hände auf meinen heißen Wangen, während er mir in die Augen schaute.

Er seufzte leise.

„Die Aktion mit dem Kondom können wir gerne wiederholen."

Beim Gedanken daran wurde mir noch heißer. Mein Bauch zog sich zusammen, aber das Gefühl war nicht unangenehm.

„Ich sehe, du erinnerst dich auch." Seine Stimme hatte einen weichen, schmeichelnden Klang.

Ohne mein Gesicht loszulassen, küsste er mich auf den Mund, sacht zunächst, aber schnell wurde klar, dass wir beide mehr wollten.

„Sollen wir hinübergehen in mein Schlafzimmer?"

Er wirkte so atemlos, wie ich mich fühlte. Meine Lippen kribbelten noch von seinem Kuss.

Ich nickte, bevor er es sich hätte anders überlegen können.

Als er mich später im Arm hielt, mein Kopf lag auf seiner Schulter, klang er höchst zufrieden: „Wer auch immer das zu dir gesagt hat, ist ein Idiot."

Noch immer war er etwas außer Atem. Nicht ein Hauch von Zweifel lag in seiner Stimme.

Glücklich kuschelte ich mich in seine Arme.

Verbündete

Am Montag nahm ich die Stille im Büro fast als normal wahr, immer wieder ertappte ich mich beim Tagträumen.

Das änderte sich schlagartig, als ich nach einem gekürzten Dienst, dieses Mal hatte ich das Abfeiern meiner Überstunden offiziell angemeldet, eine Stunde eher als sonst am Fahrradständer ankam.

Innerlich auf kaputte Reifen eingestellt, sah ich - nichts!

Mein Rad war weg.

Ungläubig starrte ich auf den leeren Fleck, schaute nach rechts und links, überlegte, ob ich das Rad woanders hingestellt hatte, kam aber wieder zu dem verwaisten Platz zurück.

Tief durchatmend versuchte ich, einen klaren Gedanken zu fassen. Zur Polizei musste ich, Anzeige erstatten. Ob Tobias mich fahren konnte?

Als ich mein Handy aus dem Rucksack fischte, sah ich eine Nachricht von ihm.

„Falls du heute früher Feierabend machen solltest: Ich habe dein Rad mitgenommen und bin auf der Marktallee im Fahrradladen."

Vor Erleichterung rollte mir eine Träne über die Wange. Tief durchatmend drehte ich mich zur Straße, um mich auf den Weg zu machen, als ein Cabrio vor mir anhielt.

„Kann ich Sie mitnehmen?" Robert Held saß hinter dem Steuer.

„Danke, aber es ist nicht weit, ich laufe lieber."

„Ich möchte mich entschuldigen für mein Verhalten."

Erstaunt wandte ich mich dem Wagen zu.

„Wenn Sie einsteigen würden, könnten wir etwas entspannter miteinander reden, vielleicht sogar bei einem Kaffee auf der Marktallee?"

„Dorthin muss ich zufällig auch. Also haben Sie etwa drei Minuten, um zu sagen, was Sie mir mitteilen wollen."

Wortlos beugte er sich herüber und öffnete die Beifahrertür. Nach einem kurzen, prüfenden Blick stieg ich ein.

„Wohin darf ich Sie fahren?"

„Zum Fahrradladen."

Während wir losrollten, wiederholte er seine Entschuldigung.

„Es ist mein Ernst. Beim Betriebsfest habe ich mich schlecht benommen. Sie hatten Recht, meine Bemerkungen waren geschmacklos. Allerdings entsprach das, was ich zuvor gesagt hatte, der Wahrheit. Kann ich Ihnen irgendwie helfen?"

Wieder beobachtete ich sein Gesicht, das er gerade konzentriert dem konkurrierenden Radverkehr an der Kreuzung zugewandt hatte.

„Sie helfen mir doch gerade."

Als er das Auto in den Verkehr eingefädelt hatte, wandte er sich kurz zu mir um. Bevor er etwas erwidern konnte, steuerte er einen freien Parkplatz an, direkt vor dem Geschäft.

„Was wollen Sie denn ausgerechnet hier?"

„Letzte Woche habe ich zweimal neue Mäntel gekauft."

„Mäntel?" Sein Gesicht zeigte reine Verwirrung.

„Die Reifen meines Fahrrads waren durchstochen. Also habe ich mein Rad hierher geschoben und neue Mäntel aufziehen lassen. Noch ist es ja nicht so kalt, dass ich einen Mantel tragen müsste."

„Den Sie hier auch nicht bekommen hätten."

Anscheinend war es ihm peinlich, dass er derart auf dem Holzweg gewesen war.

„Ich wundere mich nur, dass Sie ausgerechnet hier waren."

Jetzt war es an mir, verständnislos zu schauen. Wortlos deutete er auf das Firmenschild über dem Schaufenster.

'Zweirad Vosskötter', stand dort in altmodisch geschwungenen Leuchtbuchstaben.

„Ist das etwa Verwandtschaft von Andrea Vosskötter?"

„Ihr Elternhaus, soweit ich weiß."

„Wie dem auch sei, danke für den Fahrdienst, drinnen wartet mein Rad auf mich."

Beherzt stieg ich aus und hörte etwas irritiert auch die andere Autotür. Dicht hinter mir betrat Herr Held den Laden.

„Hallo Sandra, dein Rad ist leider noch nicht wieder ganz."

Tobias saß mit einem Kaffee in der kleinen Sitzecke. In diesem Moment kam der Fahrradmechaniker aus der Werkstatt.

„Hallo Simon!"

„Robert, was machst du denn hier? Du wirst doch wohl nicht das Radfahren für dich entdeckt haben?"

„Nein, mein Cabrio ziehe ich dem Strampeln allemal vor. Frische Luft, ohne zu schwitzen, so ist mir das lieber."

Etwas irritiert schaute ich von einem zum anderen. Man kannte sich also.

„Hallo Frau Feder, Ihr Rad müsste in einer Viertelstunde so weit sein."

„Wieder die Reifen?"

„Nicht nur. Reifen, Schloss und die Bowdenzüge der Bremsen. Ihr Bekannter hat das Rad schon vor einer Weile gebracht, sodass wir die meisten Schäden bereits beseitigt haben."

Inzwischen war Tobias zu uns getreten.

„Eigentlich wollte ich dir das Rad wieder zurückbringen, ohne dass du etwas merkst." Mit einem leisen *Hallo* umarmte er mich kurz und küsste mich.

„Danke, wobei ich im ersten Moment ziemlich geschockt war. Ein Diebstahl hätte allem Bisherigen noch die Krone aufgesetzt."

„Außerdem habe ich mitfilmen können, wer sich an deinem Rad zu schaffen gemacht hat." Tobias zog sein Handy aus der Jackentasche.

Kurze Zeit später zeigte er mir eine verwackelte Aufnahme einer Frau, die zwar mit dem Rücken zur Kamera stand, aber trotzdem eindeutig zu erkennen war: Andrea.

„Dann hat sie wirklich Ernst gemacht." Robert Held war nähergetreten und schaute mir über die Schulter.

„Sie wissen, wer für die Beschädigungen verantwortlich ist?"

„Schau selbst, Simon. Ich fürchte nur, es wird dir nicht gefallen."

Stirnrunzelnd kam der Fahrradmechaniker näher und wurde blass, als er einen Blick auf das Display geworfen hatte.

Nachdem er einen Moment finster vor sich hingestarrt hatte, schaute er mich offen an.

„Dann müssen Sie die neue Kollegin sein, die für die Abteilungsleitung vorgesehen ist. Andrea hat mir erzählt, wie sehr es sie geärgert hat, dass die Firmenleitung jemanden für den Posten einstellt, ohne ernsthaft zu prüfen, wer von den Kolleginnen geeignet sein könnte."

„Vermutlich ist das geschehen, aber das wird Andrea sich nicht eingestehen."

„Wohl kaum." Simon Vosskötter nickte bedächtig. „Haben Sie bereits Anzeige erstattet?"

„Nein, ich wollte, aber bisher bin ich nicht so weit gekommen."

„Vielleicht gibt es eine andere Möglichkeit. Aber verlegen wir das Gespräch doch nach hinten. Mein Azubi wird derweil das Rad richten."

Er führte uns durch einen kurzen Flur in eine Wohnküche im Design der 90er.

„Kaffee?"

„Gern", hörte ich Robert Held neben mir sagen. Etwas verwirrt nickte ich und war froh, dass auch Tobias hier war. Unser Gastgeber hantierte einen Moment an der Küchenzeile, und kurze Zeit später hatten wir jeder eine große Tasse mit dampfendem Kaffee vor uns.

„Wenn ich all das, was meine Schwester in den letzten Tagen und Wochen angemerkt hat, mit den kaputten Reifen in Verbindung bringe, scheint sie Ihnen regelrecht den Kampf angesagt zu haben", resümierte er, als er sich setzte.

„So scheint es."

„Wenn ich ergänzen darf", mischte sich nun Robert Held ein, „Andrea hetzt die Abteilung gegen Sie auf. Außerdem hat sie mich überredet, Ihren internen Mailaccount zu manipulieren, was mir sehr leidtut. Auch dafür wollte ich mich bei Ihnen entschuldigen. Ich bin nur froh, dass der Plan nicht aufgegangen ist."

„Dann haben Sie sich im Verwaltungsflur mit Andrea beraten?"

„Sie haben das Gespräch gehört?"

„Jedes Wort. Die Tür zu meinem Büro war nur angelehnt, und eigentlich wollte ich an diesem Morgen wieder zur morgendlichen Teerunde ins Großraumbüro gehen. Davon habe ich aber abgesehen."

„Das war an dem Montag, als du anschließend mit Migräne im Bett lagst, oder?" Tobias hatte leise nachgefragt.

Ich nickte.

„Also hat Andrea sich ihr eigenes Grab geschaufelt."

„Du wolltest uns einen Vorschlag machen." Held riss Vosskötter aus seinen Gedanken.

„Frau Feder, könnten Sie sich vorstellen, zumindest vorerst von einer Anzeige abzusehen? Ich möchte mit meiner Schwester sprechen, ihr von unserer Gesprächsrunde und von der Videoaufnahme berichten. So, wie ich sie einschätze, wird sie ihre Angriffe einstellen."

„Und wenn nicht?" Tobias schien der Vorschlag ganz und gar nicht zu gefallen.

„Dann erstatten Sie Anzeige bei der Polizei und der Firmenleitung. Vermutlich wäre meine Schwester dann ihren Job los. Genau das werde ich ihr aber klarmachen. In ihrer Eifersucht ist sie deutlich über das Ziel hinausgeschossen, aber sie ist kein schlechter Mensch. Wenn wir es schaffen, sie zu überzeugen, würde das das Klima in der Abteilung schlagartig verbessern. Eine Entlassung könnte Raum für eine Nachfolgerin schaffen."

Nachdenklich beobachtete ich ihn. Ich hatte keine Lust auf eine offene Konfrontation. Mit der Polizei hatte ich in den vergangenen Wochen auch mehr als genug zu tun gehabt. Konnte sein Vorschlag die Lösung sein? Da kam mir noch ein anderer Gedanke.

„Woher kennen Sie sich eigentlich?" Ich schaute zwischen Vosskötter und dem Kollegen hin und her.

„Ich war vor zwei Jahren eine Weile mit Andrea liiert. Außer uns beiden haben damals viele gedacht, es sei etwas Ernstes, so auch Simon."

„Also stimmt das Gerücht ..."

„Dass ich mit allen Kolleginnen anbandle? Man tut, was man kann. Nicht alle sind so standhaft wie Sie. Aber ich habe meine Lektion gelernt und, bitte glauben Sie mir, ich fische nicht in fremden Revieren." Ein kurzer Blick ging zu Tobias hinüber.

„Soll das heißen, dass ich schon längst meine Ruhe gehabt hätte, wenn ich Ihnen erzählt hätte, dass ich einen Freund habe?"

„Ja."

Ungläubig starrte ich ihn an.

Neben mir nahm ich ein verhaltenes Schnauben wahr, Tobias schien der Beteuerung ebenfalls wenig Glauben zu schenken.

„Was wollen Sie im Bezug auf meine Schwester unternehmen?"

Ich merkte Vosskötter eine gewisse Unruhe an. Ob er auch um den Ruf seines Geschäfts fürchtete?

„Sprechen Sie mit Ihrer Schwester. Wenn sie sich bei mir entschuldigt und die Reparaturkosten übernimmt, werde ich von einer Anzeige absehen. Das Wichtigste ist natürlich, dass keine neuen Attacken von ihr kommen."

Ich sah ihm seine Erleichterung an. „Natürlich."

„Wo wir jetzt quasi Verbündete sind, darf ich Ihnen das Du anbieten?" Robert Held hatte seine Kaffeetasse erhoben, als wäre sie ein Bierglas.

Ging mir das jetzt zu schnell? Ich nahm mir einen Moment, ihn genau anzuschauen, und er hielt meinem Blick stand. Ehrlich war er, das musste ich ihm zugutehalten.

Als ich meine Kaffeetasse hob, waren dort plötzlich drei andere Tassen. Also besiegelten wir unseren Pakt durch das Anstoßen mit den Kaffeepötten, Tobias mit einem spöttischen und Robert mit einem begeisterten Lächeln. Simon schien besonders erleichtert zu sein.

Kurz darauf steckte der Azubi seinen Kopf zur Tür herein.

„Chef, das Rad ist fertig. Soll ich die Rechnung schreiben?"

„Nein, das mache ich." Als ich ihn erstaunt anschaute, fügte er hastig hinzu: „Andrea soll ja wissen, was sie bezahlen muss."

„Die ersten beiden Rechnungen habe ich bezahlt."

„Sie sind im System, und das Geld wird Andrea erstatten, da bin ich mir sicher."

„Dann verladen wir mal dein Rad." Tobias war aufgestanden. Er schien genug von der Gastlichkeit der Familie Vosskötter zu haben.

„Ich würde gern fahren."

Tobias starrte mich entgeistert an.

„Zum einen möchte ich wissen, ob alles wieder funktioniert, und nicht erst morgen früh feststellen, dass ich das Rad hierher zurückschaffen muss. Außerdem brauche ich einen Moment zum Nachdenken. Wir treffen uns bei dir? Dann gehen wir noch eine gemeinsame Runde mit Trüffel." Entschuldigend strich ich mit meiner Hand an seinem Arm hinauf. Ein kurzer Kuss auf die Wange und noch einmal ein Blick, der um Verzeihung bat, dann war ich draußen.

Tatsächlich war ich um einiges schneller bei Tobias' Häuschen. Trüffel hatte mich freudig angebellt und schnüffelte inzwischen nur noch am Fuß der Haustür. Es dauerte eine Weile, bis ein Wagen auf das Grundstück fuhr.

Tobias stieg aus und blieb einen Moment nachdenklich blickend neben seinem Auto stehen. Erst dann kam er zu mir. Als er direkt seinen Haustürschlüssel ins Schloss steckte, hielt ich ihn fest und drängte ihn gegen die Mauer. Erst nach einem gründlichen Kuss gab ich ihn frei.

„Geht's dir jetzt besser?"

„Ja, danke, dass du keine Szene gemacht hast."

Verdutzt starrte er mich an.

„Ich war ziemlich durcheinander: Kein Fahrrad zu finden, dann erfahre ich, dass Andrea und Robert ein Paar waren, dass ich ausgerechnet bei Andreas Bruder mein Rad habe reparieren lassen. Mir schwirrt immer noch der Kopf."

„Dagegen gibt es ein patentes Mittel." Mit einem Griff hatte er die Tür geöffnet und angelte drinnen nach der Leine, während Trüffel uns gebührend begrüßte. Kurz darauf gingen wir Arm in Arm am Kanal entlang.

Es war spät geworden, als ich wieder in meiner Wohnung eintraf.

Waffenstillstand

Am nächsten Morgen nahm meine Nervosität mit jedem Kilometer zu, den ich dem Werk näher kam. Ich würde abwarten, warten, was Andrea tat, ihr den ersten Schritt überlassen.

Wie in den letzten Wochen ging ich direkt in mein Büro. Ohne ein Gespräch würde ich nicht an der morgendlichen Teerunde teilnehmen.

Meine Geduld wurde auf eine arge Probe gestellt.

Es war bereits kurz vor Mittag, als Andrea in mein Büro kam. Sorgfältig schloss sie die Tür hinter sich, bevor sie zu mir an den Schreibtisch trat.

Scheinbar sammelte sie ihre Gedanken, sie stand schweigend vor mir, den Blick gesenkt.

„Hier, das möchte ich dir geben."

Sie schob einen unbeschrifteten Briefumschlag zu mir hinüber.

„Was ist das?"

„Mein Bruder sagte, ich müsse dir das Geld für die ersten beiden Reparaturen geben. Die dritte hat er mir in Rechnung gestellt."

Abwartend schaute ich sie an. Sollte ich ihr ein Friedensangebot machen? Sie tat sich augenscheinlich sehr schwer.

„Setz dich doch." Ich wies auf die Besucherstühle gegenüber von meinem Schreibtisch.

Nach kurzem Zögern ließ Andrea sich tatsächlich auf der Stuhlkante nieder.

„Simon hat mir von eurem Gespräch erzählt. Ich habe wohl keine andere Chance, als mich zu entschuldigen, wenn ich meinen Job behalten will."

Schweigend schaute ich sie an. Nach einem Moment hob sie den Kopf und blickte mir ins Gesicht. Ich wartete.

„Du kostest den Moment richtig aus, nicht wahr?"

„Wie meinst du das?"

„Jetzt, wo du wieder Oberwasser hast, lässt du mich zappeln."

„Gut, sprechen wir offen. Du hast mehrfach mein Rad beschädigt. Dass du für die Reparatur aufkommst, ist nur angemessen."

„Also kann ich jetzt gehen?"

„War das alles, was in deiner Verantwortung liegt?"

Wieder starrte sie vor sich hin und schwieg. Es dauerte mir zu lange.

„Andrea, ich will keine offene Konfrontation. Dass man dich übergangen hat, war nicht meine Entscheidung. Ich habe mich auf eine Ausschreibung beworben und die Stelle bekommen.

Trotzdem ist mir daran gelegen, hier in Frieden, lieber noch in freundschaftlicher Atmosphäre, zu arbeiten. Ich bin kein Einzelkämpfer, sondern Teamplayer."

Ich ließ meine Worte wirken und beobachtete sie. Konnte sie über ihren Schatten springen?

„Simon meinte, ich müsse mich entschuldigen."

„Leere Worte helfen uns nicht, wenn wir nicht zusammenarbeiten können."

„Ist das eine Drohung?"

„Nein, eine Feststellung. Ich möchte gern hier arbeiten, in der lockeren Atmosphäre, die wir zu Beginn hatten. Konkurrenz ist bis zu einem gewissen Grad normal. Aber Entscheidungen, die von andern getroffen werden, sollte man akzeptieren."

„Sagte die Nutznießerin des Systems." Andreas Stimme klang sarkastisch.

„Hast du irgendwann einmal in Erwägung gezogen, dass die Chefetage die Stelle nicht in dieser Form ausgeschrieben hätte, wenn sie dich hätten haben wollen?"

Jetzt wurde der Blick offen feindselig.

„Noch einmal: Ich möchte gern mit euch, das heißt auch mit dir, zusammenarbeiten. Das geht aber nur, wenn ich mich in Zukunft darauf verlassen kann, dass keine illegalen Zugriffe auf meinen internen Mailverteiler stattfinden und ich nicht weiter ausgeschlossen werde. Robert hat sich übrigens bei mir entschuldigt."

Wieder wartete ich auf eine Reaktion, beobachtete, wie sich ihr Gesicht veränderte. Schließlich glaubte ich eine gewisse Resignation zu sehen.

„Ohne Entschuldigung wirst du ja wohl auf dem kürzesten Weg zur Polizei rennen, und dann bin ich meinen Job los. Entschuldige bitte, dass ich dein Rad beschädigt habe, ich werde dir hier keine Steine mehr in den Weg legen."

Bevor ich aufatmen konnte, fügte sie noch hinzu: „Aber ich werde dich im Auge behalten. Deine Fehler sind meine Chance."

„Ich würde eher sagen: Du hattest deine Chance. Eine Entschuldigung stelle ich mir eigentlich anders vor ... Aber wenn du zu deinem Wort stehst, werden die Polizei oder die Firmenleitung nie erfahren, was geschehen ist. Als öffentliches Zeichen könntest du mich heute zum gemeinsamen Mittagessen in der Kantine einladen. - Natürlich zahle ich selbst", fügte ich schnell hinzu, als ich ihren Gesichtsausdruck sah. „Mir geht es darum, dass die Abteilung sieht, dass wir Frieden oder zumindest einen Waffenstillstand geschlossen haben."

„Waffenstillstand trifft es schon eher", bestätigte sie mit verkniffenem Gesicht, „aber ich bin einverstanden. Wir gehen in einer halben Stunde, ich klopfe kurz bei dir an. Hattest du dir das so vorgestellt?"

„Das klingt gut." Ich verkniff mir den Hinweis, dass ich genau wusste, wann sie essen gingen. Sollten wir unser Abkommen noch mit einem Handschlag besiegeln?

„Bis gleich." Fast fluchtartig hatte Andrea mein Büro verlassen und mir so die Entscheidung abgenommen. Angespannt machte ich mich wieder an die Arbeit und lauschte mit einem Ohr, was sich auf dem Flur abspielte. Pünktlich wurde es laut, und tatsächlich klopfte es kurz darauf.

„Herein."

„Hallo Sandra, kommst du mit zum Essen?"

„Gern." Ich griff nach meinem Rucksack und trat vor mein Büro. Die versammelten Kolleginnen starrten mich mit offenem Mund an.

„Wollen wir?" Andrea und ich gingen voran, die anderen folgten zögerlich, und mir fiel auf, dass hinter uns keine Gespräche stattfanden.

„Weißt du, was es heute gibt?" Ich baute Andrea eine Brücke, die sie zum Glück annahm.

„Wenn ich es richtig im Kopf habe, gibt es Sauerbraten mit Rotkohl und Knödeln oder ein Putensteak mit mediterranem Gemüse."

Einvernehmlich reihten wir uns in die Schlange für das Putensteak ein, und ich stand vor Conny.

„Was wird denn das hier für eine Nummer?" Sie sprach sehr leise, ohne mich anzuschauen.

„Andrea hat sich bei mir entschuldigt und mir die Kosten für die Fahrradreparaturen erstattet." Auch ich flüsterte, außer Conny wollte ich niemanden einweihen.

Jetzt starrte mich Conny entsetzt an. „Das hat sie wirklich gemacht?" Als ich ihren Blick nur still erwiderte, flüsterte sie weiter: „Sie hat uns von ihren Ideen erzählt, aber sie hat sie tatsächlich in die Tat umgesetzt?"

„Ja, dreimal war mein Rad kaputt. Dir sage ich es: Auf Bitten ihres Bruders hin habe ich die Polizei nicht eingeschaltet, werde es aber tun, wenn sie keine Ruhe gibt."

„Was hat Simon damit zu tun?"

„Du kennst ihn auch?"

„Wir waren mal eine kurze Zeit zusammen, Andrea hätte es wohl gefallen, wenn es etwas Ernstes gewesen wäre, aber ..." Sie ließ den Rest offen, aber wir waren inzwischen auch am Tisch angekommen. Conny und ich setzten uns einander gegenüber an das freie Ende des Tisches.

„Gibt es eigentlich neue Erkenntnisse in Sachen Bombenanschlag?"

„Eine Fahndung mit Phantombild zum Anschlag in Stuttgart bei *Aktenzeichen XY* hat ergeben, dass eine der Tatverdächtigen auch hier in Münster aktiv war. Sie hatte sich hier unter falschem Namen bei einem Bekannten von mir ein Zimmer gemietet. Ob sie inzwischen gefasst werden konnte, weiß ich nicht."

„Würde man dich denn noch weiter informieren?"

„Für die Polizei bin ich aus der Sache raus. Die Firmenleitung hat immer noch nicht entschieden, ob sie mir weiterhin Fahrlässigkeit vorwerfen soll."

Ich merkte, wie gut es tat, hier in der Firma und vor allem mit Conny über die Ereignisse zu sprechen. Wir verpassten fast das Ende unserer Mittagspause und hasteten zurück an unsere Schreibtische.

15. Das Leben geht weiter

Am Freitagabend saßen Tobias und ich vor unseren Pizzen bei einer Flasche Rotwein, als er mir eröffnete: „Ach ja, ab nächsten Dienstag vermiete ich das Zimmer wieder."

Entgeistert starrte ich ihn an.

„Ich dachte ..." Was hatte ich denn gedacht? Dass er mir die Räume freihielte, bis ich mich entschieden hatte? Ehrlicherweise musste ich mir eingestehen, dass ich noch immer nicht wusste, ob ich bei ihm einziehen wollte. Trotzdem tat es weh.

Tobias beobachtete mich.

„Eine Frau?" Mein gewollt beiläufiger Ton ging gründlich schief. Meine Stimme kiekste, dass es mir peinlich war. Jetzt grinste er auch noch unverschämt. Er trank einen Schluck Wein, bevor er antwortete: „Nein, ein junger Mann, der für sein Praktikum für sechs Wochen in Münster sein wird. Danach kannst du immer noch bei mir einziehen, wenn du magst."

Die Erleichterung brachte mich noch mehr durcheinander. Ich konnte kaum einen klaren Gedanken fassen. Niemals hätte ich gedacht, dass es mir so viel ausmachen würde.

„Ich kann es mir nicht leisten, die Räume zu lange unbewohnt zu lassen. Also habe ich bei der Mitwohnzentrale wieder angefragt und sie hatten zwei Interessenten. Eine Frau, die für ein Jahr eine Bleibe suchte, und diesen Praktikanten."

Hatte er meinetwegen auf die finanzielle Sicherheit für ein Jahr verzichtet?

„Ich wollte dir die Möglichkeit offenhalten, falls du dich entschließt, zu mir zu ziehen."

Später lag ich hellwach neben Tobias im Bett und dachte über unser Gespräch während des Essens nach.

Immer noch war ich irritiert darüber, wie sehr es mich verletzte, dass er wieder vermietete. Gleichzeitig war mir klar, dass er wohl kaum darauf warten konnte, wie ich mich irgendwann entscheiden würde. Momentan konnte ich weder ja noch nein sagen, dazu hatte ich zu viel Angst.

Was wäre, wenn wir nicht zusammenpassten? Kannte ich ihn gut genug, um mich auf ein solches Abenteuer einzulassen?

Um Tobias nicht zu stören, stand ich irgendwann leise auf und schlich mich nach nebenan.

Beim Anblick des ersten Zimmers musste ich wieder an Alex denken oder wie auch immer sie heißen mochte. Fröstelnd verschränkte ich meine Arme und tappte über den Laminatboden zur Tapetentür. Dahinter empfing ein weicher Teppich meine kalten Füße, und wieder fühlte ich mich willkommen. Langsam ging ich durch den Raum und schaute aus dem Fenster auf den Kanal. Um diese Zeit waren keine Schiffe mehr unterwegs, aber die Lichter schienen bis hierher. Seufzend setzte ich mich auf die Fensterbank und ließ den Raum auf mich wirken, versuchte mir vorzustellen, wie es wäre, hier zu wohnen.

„Sandra?" Seine verschlafene Stimme tönte von der Treppe zu mir herüber.

„Ich bin hier!"

Schritte näherten sich, und kurz darauf stand Tobias vor mir, das Gesicht verschlafen und die Haare verwuschelt.

„Was machst du hier?"

„Ich konnte nicht schlafen und wollte dich nicht stören."

„Brauchst du jemanden, der dich müde macht?"

Er stand direkt vor mir und strich mir mit seiner unrasierten Wange über den Hals. Weil das kitzelte, wehrte ich mich halbherzig. „Lass das."

„Mmh, du riechst gut." Schnuppernd fuhr er mit seiner Nase an meinem Hals entlang.

Er presste sich zwischen meine angezogenen Beine, und ich spürte, was er mit müde machen meinte.

„Du schläfst doch noch."

Tobias löste sich so weit von mir, dass er mir in die Augen schauen konnte.

„Die wichtigen Körperteile sind wach." Zum Beweis drängte er sich näher an mich. Gleichzeitig spürte ich seine Hände, die sich ihren Weg unter mein T-Shirt bahnten, warm und unglaublich zärtlich.

Tatsächlich war ich schläfrig, als ich eine Weile später wieder neben ihm im Bett lag.

„Oh, Scheiße." Plötzlich saß er aufrecht neben mir.

Alarmiert von der abrupten Bewegung blinzelte ich verschlafen zu ihm hoch.

„Was ist denn?"

„Wir ... Ich habe vergessen ... Wir hatten kein Kondom."

Er wirkte so kleinlaut und hilflos, dass ich schmunzeln musste.

„Was machen wir denn jetzt?" Meine Belustigung schien seine Unsicherheit noch zu verstärken.

„Seit wir ..." Jetzt hatte ich einen Frosch im Hals, also versuchte ich es anders. „Ich verhüte inzwischen anders. Naja, wenn du keine ansteckenden Krankheiten hast, ich habe keine."

Einen Moment starrte er mir in die Augen, versuchte offensichtlich zu begreifen, was ich ihm da gerade mitgeteilt hatte.

„Hey, entspann dich!" Ich richtete mich auf und strich mit einer Hand über seinen Rücken. „Oder gibt es ein Problem?"

Es machte mich unruhig, dass er mich nur anstarrte. Hatte er mir eine Krankheit verschwiegen?

„Ich hab' schon so lange keine feste Freundin mehr gehabt ... Ich bin wohl etwas aus der Übung ... Nein, es gibt kein Problem, denke ich."

Vollkommen verwirrt starrte er mir ins Gesicht. Süß.

Ich streckte meine Hand aus, um ihm durch die Haare zu streichen. Weil er nicht reagierte, zog ich ihn zu mir, um ihn zu küssen. Schließlich entspannte er sich, und wir sanken in einer innigen Umarmung zurück auf die Matratze.

„Also können wir einfach so, ohne ..." Ich spürte, was er meinte und nickte nur, ohne den Kuss zu unterbrechen.

Mit Herzklopfen fuhr ich am Dienstag zu Tobias. Vor seinem Häuschen stand ein alter Bulli. Ein junger Kerl in Jeans und zerknittertem T-Shirt lud gerade eine Kiste aus.

Ich ließ mir Zeit, mein Rad abzuschließen, und beobachtete ihn aus den Augenwinkeln, bevor ich mir einen Ruck gab.

„Kann ich helfen?"

Überrascht fuhr er herum und riss die Augen auf.

„Hallo, ich bin Sandra." Ich hielt ihm meine Hand hin, und mechanisch wurde diese ergriffen und gedrückt.

„Ähem, ich bin Chris. Wohnst du auch hier?"

„Nur manchmal." Ich genoss sein verwundertes Gesicht. „Manchmal übernachte ich bei meinem Freund Tobias." Das fühlte sich richtig an.

„Freut mich." Nach einem letzten Zögern deutete er auf einen weiteren Karton im Wagen. „Der da ist leichter als diese Bücherkiste. Wenn du wirklich helfen möchtest."

„Klar." Ich schnappte mir den Karton, und hintereinander stiegen wir die schmale Treppe ins Obergeschoss hinauf.

Vor der Tapetentür stand das Regal, sodass sie fast nicht zu sehen war. Versonnen dachte ich an das Wochenende und die Nacht, die ich hier verbracht hatte.

„Danke, den Rest schaffe ich allein." Chris riss mich aus meinen Gedanken, und ich stieg die Treppe wieder herunter, um nach Tobias zu schauen. Er war in der Küche und schnitt Gemüse klein.

Nach einem Kuss zur Begrüßung wusch ich mir die Hände und setzte mich zu ihm an den Tisch, um zu helfen. Chris war zum Einstand zum Abendessen eingeladen, und es gab Kürbissuppe.

Als es klingelte, runzelt Tobias kurz die Stirn und verließ die Küche. Ich hörte nur mit einem Ohr hin, bis ich hinter mir die Stimme zu erkennen meinte. Verwundert wischte ich mir die Hände an einem Küchentuch ab und stand auf. Bis zur Tür waren es nur zwei Schritte, und dann bestätigte sich, was mir meine Erinnerung sagte.

„Guten Tag, Frau Roth."

„Frau Feder." Die Polizistin war sichtlich erstaunt. Wir reichten uns zur Begrüßung die Hand. „Ich hätte noch einige Fragen."

In diesem Moment kam Chris die Treppe herunter, und wir standen ihm im Weg. Tobias deutete auf die offene Wohnzimmertür und schloss sie hinter uns, nachdem wir den Raum betreten hatten.

„Bitte, setzen Sie sich doch!"

„Danke."

Als wir alle saßen, gab es einen Moment des Schweigens. Frau Roth schien über die Tatsache nachzusinnen, dass ich hier bei Tobias war, und ich hielt es kaum aus, wollte wissen, ob es neue Entwicklungen gab.

„Haben Sie Alex gefunden?", platzte ich heraus.

„Alex? Ach, Sie meinen Alexandra Sauer, die hier einmal gewohnt hat? Ja, zu ihr habe ich noch Fragen. Aber zunächst interessiert mich, was haben Sie damit zu tun, Frau Feder?"

Ich war aufgeregt und versuchte meine Gedanken zu sortieren. Womit sollte ich beginnen?

„Ich stehe firmenintern immer noch unter dem Verdacht, etwas mit dem Bombenanschlag zu tun gehabt zu haben. Außerdem habe ich das Phantombild zum Anschlag in Stuttgart erkannt und will endlich erfahren, wie alles zusammenhängt."

Emely Roth nickte bedächtig.

„Wir haben in Stuttgart DNA-Material gefunden, das mit der DNA ihrer Untermieterin übereinstimmt. Hat sie damals Besucher gehabt, können Sie sich an weitere Personen erinnern?"

Tobias überlegte eine Weile.

„Wenn ich mich richtig erinnere, gab es zwei Männer, mit denen sie regelmäßig Kontakt hatte. Der eine hat mir bei meiner Geburtstagsparty ausgeholfen. Er heißt Manni, Manfred Neumann, und hat mir beim Besorgen der Getränke geholfen. Ich habe ihm später das Geld überwiesen."

„Haben Sie die Kontodaten noch?"

„Sicher, ich kann sie Ihnen gleich heraussuchen, wenn Sie möchten."

Auf das Nicken von Frau Roth stand er auf und verließ den Raum.

„Waren Sie zum Tatzeitpunkt schon mit Herrn Katzlowski bekannt?"

„Ich kannte ihn von einem zufälligen Zusammentreffen am Kanal, bei dem ich mich verletzte und mein Rad zu Schaden kam. Außerdem singe ich in einem Chor, den Tobias leitet. Damals waren wir aber noch nicht zusammen."

Prüfend fühlte ich ihren Blick auf mir. Sie schien zu überlegen.

„Dass ich ihn kannte, habe ich im Protokoll damals auch ausgesagt. Bei der vorhin angesprochenen Geburtstagsparty habe ich damals auch Martin Kramfeld näher kennengelernt."

„Ich erinnere mich an die Ermittlungen. Die Kollegen sind damals zu dem Ergebnis gekommen, dass Herr Kramfeld einen Unfall hatte. Zufällig geschah dies in der gleichen Nacht, in der der Anschlag vereitelt wurde."

Jetzt, da ich wusste, wie wichtig Martin für Tobias gewesen war, fiel es mir schwer, über Martins Tod zu sprechen. Ich versuchte den Kloß im Hals herunterzuschlucken und war dankbar, dass Tobias zurückkam.

„Hier ist der Kontoauszug. Den bräuchte ich aber zurück, für die Steuer."

„Natürlich." Nach einem kurzen Blick steckte Frau Roth den Bogen ein. „Können Sie mir sonst noch etwas sagen?"

„Den anderen Mann habe ich nur zweimal kurz gesehen. Manni war am Abend der Feier hier."

„Wurden Fotos gemacht?"

„Nein, wir haben gefeiert, etwas Musik gemacht. Fotos gab es keine. Hilft Ihnen eine Beschreibung?"

„Naja, besser als nichts." Sie zückte Block und Stift. „Ich höre."

Tobias schloss die Augen, um sich besser zu konzentrieren. Durch seine Schilderung entstand nach und nach in meinem Kopf ein Bild. Ich erinnerte mich an Manni, der mir an jenem Abend ein Stück Pizza gegeben hatte. Er hatte kurzerhand ausgeholfen, als der Andrang in der Küche vorübergehend sehr groß gewesen war.

Frau Roth las zum Abschluss noch einmal ihre Notizen vor, und wir bestätigten beide die Richtigkeit. Als mich die beiden erstaunt ansahen, erklärte ich nur, dass ich mich durch Tobias' Erzählung an Manni erinnert hätte.

„Dann scheint die Beschreibung ja recht genau zu sein", schmunzelte die Polizistin. Sie verabschiedete sich kurz darauf.

„Werden wir es erfahren, wenn Sie Alex finden?"

„Wieso fragen Sie danach?"

Noch einmal fühlte ich mich prüfend gemustert.

„Ich bin bei Chem-Industries mit der Option eingestellt worden, bei Bewährung die Leitung der Entgeltstelle zu übernehmen. Momentan habe ich allerdings kaum mehr Befugnisse als ein Praktikant. Bekommt zumindest die Firma einen Bericht über Ihre Ergebnisse?" Mit einem merkwürdigen Gefühl ängstlicher Hoffnung hielt ich den Atem an.

„Die Firmenleitung wird natürlich informiert werden, wenn wir die Verantwortlichen gefasst haben. Den Bericht zu Ihrer mutmaßlichen Beteiligung haben wir Ihren Vorgesetzten schon kurz nach dem vereitelten Anschlag hier in Hiltrup zukommen lassen."

Zitternd atmete ich aus. „Dank dieses Berichtes ist meine Freistellung aufgehoben worden, aber, wie gesagt, habe ich noch längst nicht alle Befugnisse zurück, die ich vor dem Anschlag hatte."

„Das tut mir leid. Aus polizeilicher Sicht sind die Untersuchungen zu Ihrer Beteiligung abgeschlossen."

Ihr Bedauern wirkte echt.

Als Tobias die Tür hinter ihr geschlossen hatte, nahm er mich in seine Arme.

„Komm, sonst bekommen wir heute Abend nichts mehr zu essen."

Gemeinsam gingen wir in die Küche und widmeten uns in nachdenklicher Stimmung wieder dem Gemüse. Die Wut, die nach dem frustrierenden Ausgang des Gespräches in mir aufgekommen war, ließ ich an dem Kürbis aus. Hingebungsvoll hackte ich ihn in kleine Stücke, die ich Tobias hinüberreichte, der inzwischen Zwiebeln, Knoblauch und Ingwer angeschwitzt hatte. Als auch die Möhren und die Kürbisstücke im Topf waren, legte er mir kurz einen Arm um die Schulter. „Geht's wieder?"

Ich nickte nur und reichte ihm die Brühe, bevor ich mich daran machte, den Küchentisch aufzuräumen. Zumindest ein kleiner Bereich meines Lebens, in dem ich Ordnung schaffen konnte.

Als der Tisch gedeckt war, kam Chris von oben. Er lenkte mich während des Abendessens davon ab, mir weitere Gedanken zu machen. Er erzählte spannende Anekdoten von seinem Studium und seinem Praktikum.

Obwohl Chris nett war und immer interessante Dinge zu erzählen wusste, störte mich seine Anwesenheit, wenn ich bei Tobias war. Anders als sonst, trafen wir uns vermehrt bei mir, aber auch das fühlte sich merkwürdig an. Immer saß mir die Kündigung im Nacken und damit der Gedanke, dass ich mich um eine neue Bleibe bemühen musste. Es sei denn, ich würde zu Tobias ziehen. Aber hatte ich dazu genügend Mut?

Heimaturlaub

Eine Woche später ging es in der Küche des kleinen Hauses von Tobias hoch her. Außer Tobias und Chris saß ein weiterer Mann am Küchentisch, der mir bekannt vorkam.

„Hallo Sandra, ich möchte dir Björn vorstellen. Er ist quasi auf Heimaturlaub."

Anscheinend sah ich verwirrt aus, denn Tobias ergänzte: „Ich hatte dir doch von seinem Auslandssemester erzählt. Björn studiert momentan am Konservatorium in Sofia."

Jetzt wusste ich auch wieder, woher ich ihn kannte. Nach dem Konzert im *Kanafé* hatte ich ihn kurz gesehen, als er sich von Tobias verabschiedet hatte.

„Du bist also Sandra." Ungeniert musterte er mich, was mich irritierte. „Tobias hat mir von dir erzählt."

„So, hat er das?" Bevor ich mich zu ihnen setzte, schenkte ich mir auch ein Glas Wein ein.

„Er hat so geschwärmt, dass ich nicht damit gerechnet habe, ein lebendiges menschliches Wesen vorzufinden."

Verunsichert schaute ich erst ihn und dann Tobias an.

„Er übertreibt natürlich maßlos", versuchte dieser, mich zu beruhigen. So, wie sich mein Gesicht anfühlte, war ich wieder mal rot angelaufen.

„Ach komm, du hattest seit Jahrzehnten keine ernsthafte Beziehung mehr."

Da jetzt Tobias verlegen wirkte, blieb ich stumm, in der Hoffnung, so mehr zu erfahren.

„Es war halt nie die Richtige dabei ..." Der Ton sollte wohl scherzhaft klingen. Dann schaute er mich an und lächelte mir mit seinen Augen zu. Ich lächelte zurück, und das Eis war gebrochen. Wir unterhielten uns über Musik und Björns Studienerlebnisse in Sofia. Es wurde ein langer Abend, und irgendwann zogen Tobias und ich uns nach oben zurück, während Björn unten auf dem Sofa schlief.

„Stimmt es, was Björn über deine Beziehungen sagte?"

Einen Moment stutzte Tobias, dann schweifte sein Blick kurz nachdenklich ab. „Ich hatte wirklich lange keine ernste Beziehung mehr. Einige kurze Geschichten, aber ... du bist die Erste, der ich angeboten habe, bei mir einzuziehen."

Als er mich wieder ansah, bemerkte ich den Schalk in seinen Augen, also spielte ich mit.

„Als Vermieter muss man natürlich aufpassen, dass man sich keine mittellosen Mieter einfängt oder gar Mietnomaden, ich verstehe."

„Die ständigen Wechsel sind auf Dauer einfach nicht gut."

Das konnte sich ja sowohl auf die Untermieter wie auch auf seine Verflossenen beziehen.

„Dann möchtest du jetzt längerfristig vermieten?"

„Am liebsten ja, für ganz lange Zeit."

Zärtlich nahm er mich in die Arme und ich genoss das Gefühl, bei ihm geborgen zu sein.

„Björn hat uns übrigens einen Gig verschafft."

„Klasse, kann ich euch hören?"

„Das glaube ich kaum, es ist eine private Feier, eine Tante von ihm, glaube ich. Außerdem meintest du doch, du wärest am 15. schon eingeladen?"

Nach kurzem Überlegen wusste ich, was er meinte. Frau Lensing hatte die Abteilung zu ihrem 60. Geburtstag eingeladen, bei dem auch ihr 40-jähriges Firmenjubiläum begangen werden sollte.

„Schade, ich würde euch gern noch einmal hören."

„Björn ist ja nicht ewig in Sofia, und wir haben nicht vor, mit der gemeinsamen Musik aufzuhören."

Eine Woche später war es so weit, zum Glück hatte ich inzwischen wieder einen so guten Draht zu Conny, dass wir gemeinsam shoppen gegangen waren. Für eine Abendeinladung bei *Krämer's*, dem Nobelhotel in Münster, hatten wir beide uns ein kleines Schwarzes gegönnt, mit passenden Schuhen. Es war ein ausgesprochen netter Samstag, den ich mit Conny in der Innenstadt verbracht hatte. Bei einem Kaffee, mit Blick auf das bunte Treiben auf dem Markt, hatten wir über Gott und die Welt geplaudert und beschlossen, in Zukunft öfter gemeinsam auf den Markt zu gehen, den wir beide so liebten.

Da Tobias ja heute einen Gig hatte, hatte ich den Samstag für mich. Nach dem Markt, Conny und ich hatten unser Vorhaben verwirklicht und uns tatsächlich zum Marktbummel getroffen, ließ ich mir Zeit mit der Dusche und der umfassenden Körperpflege und schlüpfte schließlich in die neuen Sachen. Als ich mich vor dem Spiegel drehte, gefiel mir das, was ich sah. Chic, aber nicht zu elegant, und was mir wichtig war: Ich fühlte mich absolut wohl und in keiner Weise verkleidet. Der Blick auf die Uhr zeigte mir, dass ich noch eine Viertelstunde hatte, bevor Conny mich abholen würde.

Als wir bei *Krämer's* ankamen, versammelte sich zunächst unsere Abteilung, um das gemeinsame Geschenk zu überreichen. Andrea hatte sich darum gekümmert, was mir sehr recht war. Schließlich kannte sie sowohl Frau Lensing als auch die Gepflogenheiten in der Firma viele Jahre länger als ich. Anschließend schlenderten Conny und ich mit unseren Sektgläsern zu einem der Stehtische und schauten uns um. Die gesamte Chefetage schien anwesend zu sein, außerdem eine größere Fraktion, die wir allesamt nicht kannten und daher dem persönlichen Umfeld zuordneten. Wir mutmaßten munter, wer zur Familie und wer zum Bekanntenkreis gehören mochte, als hinter mir leises Klavierspiel ertönte. Ich drehte um und entdeckte Björn, der am Flügel saß und leise, scheinbar selbstvergessen, vor sich hin spielte.

Langsam sammelten sich auch die anderen Gäste vor der kleinen Bühne, auf der noch ein verwaistes Schlagzeug stand, und schließlich stieg Frau Lensing selbst hinauf.

„Liebe Freunde, liebe Arbeitskollegen, liebe Verwandte, herzlich willkommen! Ich freue mich, dass so viele meiner Einladung gefolgt sind. Bevor wir im Verlauf des Abends miteinander tanzen und essen werden, möchte ich euch und Ihnen Livemusik der besonderen Art ankündigen. Mein Neffe studiert momentan am Konservatorium in Sofia und ist extra zu meinem Geburtstag nach Deutschland gekommen, um mit seinen Freunden für uns zu musizieren. Freuen Sie sich mit mir auf Jazzmusik der Extraklasse."

Das Klavierspiel, das während ihrer Ansprache leiser geworden war, ohne aufzuhören, wurde wieder lauter und veränderte sich im Rhythmus. Ich erkannte das Stück wieder, das mich damals im *Kanafé* festgehalten hatte. Nur beiläufig sah ich, wie der Schlagzeuger Platz nahm und den Rhythmus, diesen Wechsel aus sieben und neun Achteln, aufnahm.

Björn, der die Percussion an das Schlagzeug abgegeben hatte, widmete sich nun der Entfaltung eines Melodiethemas, das er immer wieder in Variationen aufgriff und abwandelte.

Aber wenn Björn heute hier spielte, dann musste doch ... In diesem Moment hörte ich leise Klänge eines Saxophons vom Rand der Bühne. Übergangslos übernahm Tobias das Thema von Björn und interpretierte es mit dem rauchigen Sound seines Instruments.

Gebannt hörte ich den Dreien zu, ließ mich einhüllen von der Musik und kehrte widerwillig ins Hier und Jetzt zurück, als der Applaus einsetzte.

Dass Björn die Band vorstellte und ein paar Worte zu den Stücken erklärte, bekam ich kaum mit, weil Conny in diesem Moment neben mir flüsterte: „Der ist ja süß."

„Wen meinst du?"

„Na, den Saxophonisten."

Tatsächlich sah Tobias in seiner schwarzen knackengen Jeans und dem schwarzen Hemd, das golden glänzende Sax in der Hand, zum Anbeißen aus.

„Der ist schon vergeben", flüsterte ich zurück.

„Woher weißt du denn das?"

„Das ist Tobias."

„*Dein* Tobias?"

Ich bejahte, und wenn sie noch Zweifel gehabt haben sollte, so schienen diese doch rasch zu verfliegen, denn in ihrem Gesicht breitete sich ein Grinsen aus, nachdem sie mich eingehend gemustert hatte.

„Kein Wunder, dass Simon Vosskötter nicht bei dir landen konnte, bei der Konkurrenz."

Woher wusste sie denn das schon wieder? Wir unterbrachen unser Gespräch, als die Musik erneut erklang. Tobias zuzusehen, wie er scheinbar selbstvergessen spielte, sich gleichsam zärtlich an sein Instrument schmiegte, ließ meine Knie weich werden. Ich hielt mich an meinem Glas fest und genoss die Musik.

Nach einer Dreiviertelstunde bedankte sich Björn im Namen der Band für die Aufmerksamkeit und stellte eine weitere Musikdarbietung im Laufe des

Abends in Aussicht, bevor er das Mikrophon an Herrn Hagen, den Geschäftsführer von Chem-Industries, weitergab.

Der bedankte sich gekonnt, bevor er sich der Jubilarin zuwandte und ihre Verdienste in den 40 Jahren der Firmenzugehörigkeit auflistete.

„Leider haben Sie vor einiger Zeit angefragt, ob wir einem Modell der Altersteilzeit zustimmen würden, sodass wir uns notgedrungen mit dem Gedanken an eine Nachfolge beschäftigen mussten. Nach langem Abwägen haben wir uns entschlossen, die Stelle auszuschreiben und haben vielversprechende Bewerbungen erhalten."

Spätestens jetzt wurde mir heiß. Was, um alles in der Welt, würde er jetzt erzählen? Gebannt starrte ich nach vorn.

„Sie alle haben von dem vereitelten Bombenanschlag gehört, der unserem Standort hier in Hiltrup gegolten hat. Zum Glück wurden die Sprengladungen entdeckt, bevor sie Schaden anrichten konnten, aber in der Aufregung wurden zum Teil vorschnelle Verdächtigungen ausgesprochen. Eine davon betraf eine Mitarbeiterin, die erst ein Vierteljahr bei uns tätig war. Erst gestern habe ich den Abschlussbericht der Polizei erhalten. Die Verantwortlichen sind gefasst und geständig."

Er machte eine Pause, in der das Gemurmel im Raum lauter wurde.

„Zwei Menschen hier im Raum verdankt die Polizei diesen großen Fahndungserfolg. Durch zwei Zeugen, die heute Abend hier anwesend sind, wurde Astrid Bongart identifiziert, die unter dem Namen Alexandra Sauer ein Zimmer bei Herrn Katzlowski gemietet hatte. Mit ihrem Komplizen nutzte sie den Geburtstag ihres Vermieters, um die Kartendaten von Frau Feder zu kopieren. In kürzester Zeit war ein Kartenzwilling angefertigt, mit dem die Täter das

Gelände betraten. Frau Feder hat die Täterin auf einem Phantombild der Stuttgarter Kollegen wiedererkannt und der Kripo dort somit einen entscheidenden Hinweis gegeben. Als schließlich noch der Komplize durch Herrn Katzlowskis Angaben identifiziert werden konnte, gelang der Polizei die Festnahme der beiden.

Ich freue mich daher, Ihnen jetzt und hier bekannt geben zu dürfen, dass wir dem Teilzeitgesuch von Frau Lensing stattgeben können, da ihre Nachfolgerin, Frau Feder, nun von ihr selbst eingearbeitet werden kann. In diesem Sinne überreiche ich Ihnen, liebe Frau Lensing, hiermit die schriftliche Bewilligung ihres Wunsches."

Er bat die Jubilarin zu sich und übergab ihr neben der Jubiläumsurkunde auch die Bewilligung ihres Teilzeitantrags.

Staunend und sprachlos verfolgte ich das Geschehen auf der Bühne, als ich plötzlich umarmt wurde. Verdattert starrte ich Conny an, die mir um den Hals gefallen war.

„Glückwunsch! Das ist es doch, was du dir so sehr gewünscht hast, oder?"

Bevor ich mich fassen konnte, stand Herr Hagen plötzlich vor mir. „Ich hoffe, Sie freuen sich zu hören, dass jeglicher Verdacht gegen Sie ausgeräumt wurde. Das Geständnis von Frau Bongart hat ihre Unschuld untermauert. Wenn Sie einverstanden sind, wird Frau Lensing Sie als ihre Nachfolgerin einarbeiten."

„Natürlich bin ich einverstanden und freue mich. Vielen Dank, Herr Hagen, ich ... ich bin noch etwas sprachlos."

Wir schüttelten einander die Hände, und er wünschte mir noch viel Spaß bei der Feier.

„Na, den werden wir haben, oder?" Conny hatte zwei weitere Gläser Sekt besorgt und stieß mit mir an.

Erst allmählich konnte ich glauben, was ich da soeben gehört hatte.

„Glückwunsch." Frau Lensing stand strahlend vor mir. „Ich freue mich, dass mich mein Gefühl nicht getäuscht hat."

Auch sie stieß mit mir an. „Auf eine gute Zusammenarbeit."

Etwas verlegen stand Andrea hinter ihr. Auch sie hatte ein Glas in der Hand. „Darf ich mich den guten Wünschen anschließen?"

Sie schien es ehrlich zu meinen. Schließlich stand fast die gesamte Abteilung an unserem Stehtisch, als die ersten Klänge des DJs ertönten.

„Meine Damen und Herren, auf besonderen Wunsch unserer Gastgeberin wird vor dem Abendessen zum Tanz geladen, und natürlich wird der Ehrengast persönlich den Tanz eröffnen."

Unser Kreis öffnete sich zu der freien Fläche vor der Bühne, die sich nun leerte. Frau Lensing bat Herrn Hagen um diesen Tanz, was er lächelnd annahm. Zu den Klängen eines Walzers bewegten sich beide gekonnt über das Parkett.

„Darf ich um den nächsten Tanz bitten?"

Plötzlich stand Tobias hinter mir.

„Klar."

Der Walzer ging in einen langsamen Foxtrott über, und bevor ich mir Gedanken darüber machen konnte, wie man dazu tanzte, hatte Tobias schon die Führung übernommen. Nach wenigen Takten überließ ich mich ihm und genoss einfach das Gefühl, im Gleichklang mit der Musik in seinen Armen zu liegen.

„Du siehst wundervoll aus heute Abend."

„Danke, das Kompliment kann ich nur zurückgeben. Conny hat Interesse an dir angemeldet."

„Ah, stellst du uns einander vor?"

„Ich habe ihr gesagt, dass du vergeben bist."

„Bin ich das?"

„Wenn es nach mir geht, ja."

Gekonnt manövrierte er uns aus einer engen Traube von tanzenden Paaren heraus.

„Übernächste Woche zieht Chris aus." Als ich nicht gleich antwortete, fügte er hinzu: „Soll ich mich nach einem neuen Untermieter umsehen oder erwägst du jetzt, in Münster zu bleiben?"

„Ich erwäge ernsthaft, bei dir einzuziehen."

Jetzt geriet Tobias kurz aus dem Takt.

„Heißt das, ich kann mein Zimmer bei der Mitwohnzentrale abmelden?"

Chris war sympathisch, und trotzdem störte es mich, dass er sich bei Tobias aufhielt. Die Vorstellung, dass womöglich eine attraktive Frau bei ihm einziehen würde, ertrug ich kaum.

„Wenn ich immer noch willkommen bin, würde ich gern bei dir einziehen."

Ein verstohlener Kuss landete knapp neben meinem Ohr und ließ die Schmetterlinge in meinem Bauch wieder fliegen.

Über die Autorin

Anne Lay ist verheiratet und Mutter zweier Söhne. Sie arbeitet als Lehrerin im Bergischen Land (NRW).

Die Begeisterung für Geschichten begleitete Anne Lay schon früh durchs Leben. Seit 2006 widmet sie sich selbst dem Schreiben.

Mit der historischen Kurzgeschichte „Agnes und der Engel" gelang ihr eine erste Veröffentlichung in der Wettbewerbsanthologie „Engel, Hexen, Wiedertäufer-Historische Geschichten aus dem Münsterland".

Weitere Kurzgeschichten sind als eBooks erhältlich.

Im vorliegenden Roman greift Anne Lay auf die Erinnerungen an ihre eigene Studienzeit im Münsteraner Mauritzviertel zurück. Schon als Kind liebte sie es, ausgedehnte Spaziergänge am Dortmund-Ems-Kanal zu machen. Wasser und Schiffe faszinierten sie, und häufig bezog die Runde das Lokal **Maikotten** mit ein.

Die Nennung des Maikottens erfolgt mit freundlicher Genehmigung der Betreiber. (http://www.maikotten.de)